文春文庫

# 助手が予知できると、探偵が忙しい

秋木真

JN031171

文藝春秋

目次

この作品は文春文庫のために書き下ろされたものです。

タイトルデザイン・木村弥世
DTP制作　エヴリ・シンク

# 助手が予知できると、探偵が忙しい

# 第1話

# 予知を視る少女

# プロローグ

桐野《とうの》柚葉《ゆずは》は走る。

夕日の眩《まぶ》しい道路を必死になって逃げる。

辺りに人通りはなく、柚葉のことを気にとめる人もいない。

しばらく走ってから、足を止めた。

息を切らしながら後ろを見るが、追いかけてくる気配はない。

柚葉はほっと息をつく。

──逃げきれた。

息を整えつつ、片手に握りしめていたスマホで連絡をとろうとしたとき、不意に目の前に影が差す。

顔を上げるより前に、お腹《なか》に熱いものを感じる。

「え……」

柚葉が呆気《あっけ》にとられながら自分のお腹を見ると、ナイフが深々と刺さっていた。
「あああ……」
いつの間にか目の前に男が立っていたが、その顔は見えない。
それどころか、周りの景色も歪《ゆが》んで見える。
柚葉は膝から地面に崩れ落ちた。
痛い……痛い……。
だれか……たすけ……て……。

柚葉は、勢いよく体を起こした。
運動の後のように、息が乱れている。
体が軋《きし》むように痛い。
服は汗でびっしょりだ。
肌に張り付く服の感触が気持ち悪い。それに軽く頭痛もする。
そっとお腹に手を当てる。ナイフは刺さっていない。
場所も外ではなく自分の部屋だ。
机の上で、うつぶせになっていたらしい。

「……またなの」

いつものだ。

もう何度も見た光景を反芻《はんすう》し、柚葉は両手で顔を覆《おお》う。

「スマホ画面に出ていた日付は、３日後。もう時間がない」

1

埼玉県所沢《ところざわ》駅の東口から15分ほど歩いたところに建っている、築35年の３階建てのビル。

そのエレベータのない３階に「貝瀬《かいせ》探偵事務所」はあった。

窓からほどよい日差しが差し込む。貝瀬歩《あゆむ》は事務所のソファに寝転んで昼寝をしていた。

５月のちょうどいい具合の暖かさが、起き上がる気をなくさせる。

薄目を開けて壁の時計を見ると、午前11時過ぎだった。

今日も特に用事はない。依頼人も来ないし、受けている仕事もない。

もうひと眠りしたからといって、歩が１人でやっている探偵事務所だから誰かに怒られることもない。

眠ろう。歩は即決して、ソファで本格的に眠るために体勢を変える。

すぐに眠気がやってきて、うとうととし始めたときだ。

キーンコーン、とインターホンの音が鳴る。

誰だ？　依頼人と会う約束はない。こんな時間から訪ねてくる知り合いもいない。宅配便が届く予定もない。となれば、セールスか。

歩は無視することを決める。

キーンコーン。インターホンの音がふたたび鳴る。無視だ、無視。

歩は耳をふさぐように、ソファのクッションを自分の頭の上からかぶせる。

キーンコーン。

しつこすぎないか？　セールスにしても、こんな儲《もう》かってなさそうな探偵事務所相手に粘る必要はない。さっさと次にいけ、次に。

歩はそう念じながら、ソファに横になってじっとする。

キーンコーン　キーンコーン　キーンコーン。

……ダメだ。

歩は我慢できなくなって、ソファから立ち上がる。

「いったい誰だ。平日の昼間から探偵事務所に来るやつは……」

あくびをしながら、この迷惑な訪問者の顔を見るために玄関に向かう。

伸びた前髪をかき上げて、寝癖がついてないか鏡で軽く確認する。

今まで「猫顔だよね」と知り合いに何回か言われたことがあるが、確かに切れ長の目をしていて鼻が小さめなので、猫っぽいと言われればそうかもしれない。

髪を手櫛《てぐし》で整えて鏡から離れる。

迅速にお帰り願うためにはどうしたらいいか、と考えながらドアを開けて歩は目を細めた。

目の前に立っていたのは、スーツ姿のセールスマンなどではなく、制服姿の真面目《まじめ》そうな女子高生だった。

肩までの長さの黒髪を後ろで一つに結んであり、制服も着崩さずにスカート丈も普通だ。

とても探偵事務所に縁があるようには見えない。

そもそも平日の昼間なのに、学校はどうしたのか。

「来る場所を間違えてますよ」

歩はそれだけ言って、ドアを閉めようとする。

「あ、あの！　ここは貝瀬探偵事務所ですよね？」

女子高生は、あわてたように言ってくる。

「そうです。だから、間違えていると……」

「あってます！　私、依頼にきたんです」

急《せ》きこむように女子高生が言う。

平日の昼間から、事情のありそうな顔で探偵事務所にやってくる女子高生。

明らかに面倒事だ。関わりたくない。

「探偵事務所は他にもありますので、こんな閑古鳥《かんこどり》が鳴いている探偵事務所に来なくてもいいと思いますよ」

歩は肩をすくめる。

貝瀬探偵事務所はボロボロというわけではない。だが、少なくとも積極的に依頼に来たいと思うような外観はしていない。

卑下《ひげ》する言い方にはなったが、「普通」の依頼ならほかの大手の探偵事務所のほうがちゃんと仕事をしてくれる。

「他の探偵事務所には、もういくつか行ったんです。その1つで、ここを紹介されました。他に頼るところがもうないんです。お願いします！」

女子高生が頭を下げる。

これは、いよいよ面倒事でまちがいない。

すぐにでも追い返したいが、他の探偵事務所から紹介されたとなると無下《むげ》にもできない。

歩はため息をつくと、女子高生を中に招き入れる。

「どうぞ」

「ありがとうございます！」

女子高生は大げさに頭を下げる。

そわそわとした様子で事務所の中を見まわしながら、女子高生は歩の勧めた来客用のソファに座る。

歩はポロシャツの上からジャケットを羽織ると、キッチンに行き冷蔵庫を開ける。

「アイスティーとアイスコーヒーの、どちらがいいですか？」

キッチンから尋ねる。

お客さんを待たせているのはよくないのだが、事務所は歩1人でやっているからしかたがない。

「そ、それじゃあ、アイスティーでお願いします」

女子高生は緊張した様子で答える。

明らかに場慣れしていないし、大人相手に会話するのも馴染みがない様子だ。

そんな女子高生がする依頼を、他の探偵事務所が受けなかった、というだけで裏を勘繰《かんぐ》りたくなる。

話だけ聞いて、さっさとお引き取り願ったほうがいいな。

そう決めて、歩は応接ソファにもどる。

アイスティーのコップを女子高生の前のテーブルに置き、自分はアイスコーヒーのコップを持って向かい側の席にすわる。

「まずはお名前をうかがっても、よろしいですか？」

「はい。桐野柚葉。高校1年です」

最初の印象通り、受け答えも真面目だ。

ますます、どうしてこんな探偵事務所にきたのかわからない。

気になるところといえば、明るい雰囲気の中に少し影が差す瞬間が見え隠れするところだろうか。明るさを取り繕《つくろ》っているように見える。

ただ、そんなこと誰にでも起きることだ。探偵事務所にやってくる人間なら、もっと陰鬱《いんうつ》な顔をしていることのほうが多い。

「それで、どういったご用件ですか？」

歩は柚葉に質問する。

つい観察をしてしまったが、まだ依頼人でもなんでもない。

それでも用件をきくぐらいは、最低限のマナーか。

「あの……信じてもらえないかもしれないんですけど、私は2日後に殺されるんです」

柚葉から出た思わぬ言葉に、歩は眉根《まゆね》を寄せて真剣な顔になる。

「殺害予告をされていると？」

「い、いえ。そうじゃないんです。視《み》たんです」

「みた？」

歩は意味が分からず、首をひねる。

「はい。予知で視たんです。――私が殺されるのを」

はあぁ。

歩はため息をつく。

乗り出していた体をソファの背に預ける。

たしかにこれは、他の探偵事務所が受けないわけだ。

予知で殺されるのを見た。

そんな話を、探偵がどうしろというのか。

「失礼ですが、病院をご紹介しましょうか？」

心療内科《しんりょうないか》に行ったほうがいい。

幻覚を見るのか、夢と現実の区別がつかないのか。どちらにしても探偵ではなく医者が担当すべき領域だ。

「ちがいます！　本当なんです」

柚葉は必死だ。

しかし、必死を装うことは難しくない。

自己暗示で本当だと思っていれば、真に迫った嘘《うそ》をつく。

そんな人間は何人も見たことがある。

「なら、その予知で私のこれからのことを、言い当てられますか？」

「それは……無理です。私には視る予知が決められないので……」

柚葉はうつむいてしまう。

両手をスカートの膝の上で握りしめている。

言いすぎだったか？　と歩は考えるがこれも必要な確認だ。
「桐野さん。それで信じろというのが難しいというのは、おわかりになりますか？」
「はい……」
今までの探偵事務所でも、同様のことを言われてきたのだろう。
柚葉は肩を落としている。今にも泣き出しそうだ。
断りづらい雰囲気だが、彼女自身のためにも早めに病院に行ったほうがいい。
歩は改めて依頼を断ろうとする。
そのとき――。
『困っているヤツを放っておくなよ、歩』
ふと、亡くなった叔父の貝瀬泰三《たいぞう》の言っていた言葉が頭をよぎる。
叔父はこの探偵事務所の前の所長。
歩の育ての親でもある。
どうして今のタイミングで叔父の言葉が、頭をよぎったのか。
確かに叔父は口癖のように言っていた。
探偵は困っている人を助けるものだ、と。

しかし、それで歩の心は動かない。

気になったのは、このタイミングでその言葉が思い浮かんだことだ。

虫の知らせや第六感は、偶然ではなく無意識下で脳が統計学的に情報を処理した結果。そういう話を脳科学者が書いているのを読んだことがある。

つまり目の前の柚葉を放っておくべきではない、と歩の脳が無自覚に判断した可能性はある。

予知を信じる気にはならないが、歩が見逃していることがあるのかもしれない。

「……しかたない」

歩は頭を抱えるように額《ひたい》に両手を当ててから、顔を上げる。

「え？」

柚葉が驚いたように歩を見る。

「その予知で見たという状況を教えてもらえますか？」

「信じてもらえるんですか？」

柚葉は目を見開いている。

「予知については、信じているとは言えません。しかし、桐野さんが困っているのは事実でしょう。それなら、困っている桐野さんを助ける、というご依頼ならお受けできます」

屁理屈《へりくつ》であるのはわかっている。それでも予知で見た殺人から救うという依頼を引き受けるのは、あまりに非現実的すぎて依頼の達成条件がわからない。

「それでかまいません！　お願いします」

柚葉が深々と頭を下げる。

自分でも面倒な依頼を受けたことは、理解している。

ただ、あんな風に叔父の言葉がよぎったのなら、その引っかかりがなにかわかるぐらいには調べてもいい。これもなにかの縁だと思うしかない。

これでなにもなかったら恨むからな、叔父さん。

筋違いとわかっていたが、歩はそう思わずにはいられなかった。

「改めてお聞きします。桐野さんがご覧になったという、予知の状況をお話しいただけますか？　どういうときに予知を見るんですか？」

歩は、他の探偵事務所が引き受けない依頼を受けることが多い。だが、予知で見た殺人を防ぐ、なんて依頼は受けたことがない。

まずは、なるべく客観的な情報を手に入れたい。

「予知を視るタイミングは、決まっていません。頭が痛くなったかと思ったら、突然映像が見えるんです。リアルな映像で、自分がその人になっているみたいな」

「その人になっている？　つまり、自分以外の予知も見るんですか？」

「ほとんどそうです。ただ、知らない人は視ません。映像越しとか直接会ってない方のことも視えないです」

「テレビのタレントやユーチューバーの予知は見ない、ということですね」

「そうです。自分のことはたまには視ますけど、他愛のないことばかりで」

「それが、今回は殺されるという予知だった」

「はい……」

予知を見る、ということをのぞけば、今のところ話の筋におかしなところはない。

支離《しり》滅裂《めつれつ》なことを語り出すわけでもなく、正気を失ったように話すわけでもない。

柚葉は理性を保《たも》った冷静な口調だ。

「それで殺される予知というのは、具体的にどういうものなのですか？」

予知の内容を聞くことにどれだけの意味があるのかわからないが、今の手がかりはそれしかないのだから、そこから当たっていくべきだ。

「自分でもよくわからないんですけど、なにかに追われていて家から出て走っているんです。逃げきれた、と思ったらお腹をナイフで刺されて……」

柚葉は、体を震《ふる》わせる。

聞く限りでは、よくある悪夢だ。

歩だって夢の中で、自分が殺されるものは見たことがある。

「追われているという話ですが、追ってくる相手を見ましたか？」

「いえ、追ってくる人影は見えませんでした」

柚葉は首を振る。

「桐野さんをナイフで刺した相手の顔は？」

「少しだけ見えましたが、40代ぐらいの男性であることしか……」

「見覚えのある人ではなかった？」

知り合いに刺される、というのならその相手を2日後まで見張っていれば桐野柚葉は安心できる。

今回の依頼は達成だ。

「見えた限りではそうです」

知らない人物か。

どうしたものかな、と歩は考える。

聞けば聞くほど、あなたは悪夢を見ているんですよ、と言いたくなる。

少し方向を変えてみるか。

「最近、なんか変なことがまわりで起きていたりしませんか？」

「変なこと、ですか？　とくに覚えは……あっ」

柚葉がなにかを思い出した顔をする。

「なにか？」

「1週間ぐらい前なんですけど、家の前に花束が置いてあったんです。宛先も差出人の名前もないし、だれが置いていったんだろう？　って不思議に思ったことがあって」

柚葉は顎《あご》に手を当てて、首を傾《かし》げている。

「花束をだれかが落とした、とかそういうわけでは？」

「門の中なので、それはないと思います」

「一軒家にお住まいですか？」

「はい。両親は共働きで夜までいないんですけど」

「花束にはだれに宛てたかも書かれておらず、だれが置いたかもわからない、ということですね」

歩は自然と表情が険《けわ》しくなる。

「そうですね……たしかに言われてみると、変なことですね」

柚葉は深刻にとらえていないらしい。

だが、十分おかしな話だ。

この花束について依頼しにきたのなら、他の探偵事務所でも引き受けたところもあったはずだ。

「気になるな……」

花束は柚葉に宛てたものか、家族に宛てたものか。

どんな理由や目的で置かれたのか。

調べておく必要がある。

「あの……予知については……」

柚葉は捨てられた子犬みたいな顔で、歩を見てくる。

本人としては、予知で見たものを調べてもらいたいのだろうが。

「さきほども申し上げたとおり、困っている桐野さんを助ける、というご依頼として対応します。ご覧になった予知についてもふくまれますよ」

「そうですか……」

柚葉はほっとした顔になる。

実際、予知についてどう調べればいいのかなど前例もないのだが、依頼人が困っているのなら調べるのが探偵の仕事だ。

「ただ、1つ問題があります」

「問題ですか？」

「未成年の方は、ご両親など保護者の方の了解がないと契約が結べません」

「両親には伝えたくないんです。心配をかけるから」

伝えているとは思わなかったが、やっぱりか。

今までの探偵事務所が引き受けなかったのは、そのあたりもあったのだろうと想像できる。

予知能力で自分が殺されるところを見たから探偵に依頼して守ってもらいたい。

そんな娘に賛同する両親はそうはいないはずだ。

「ダメでしょうか」

柚葉はすがるような目で歩を見てくる。

叔父の顔が思いうかぶ。

今度は虫の知らせじゃない。

単純にこういうときに叔父が言いそうなことが、思いうかんだだけだ。

——困っているヤツを放っておくなよ。

わかったよ。しかたがない。

「わかりました。桐野さんを信用して、依頼をお引き受けします。連絡先の記入をこちらの書類にお願いします」

「ありがとうございます！」

柚葉は笑顔になって、歩の渡した書類に連絡先を書く。

柚葉が書類を書いている間に、歩は考える。

どこから調べるか。

嘘をついているようには見えないが、だからといって予知を信じるなんて、荒唐無稽《こうとうむけい》すぎる。

だが、花束の件は気にかけてもいい話だ。

まずは、そこからだな。

「書けました」

柚葉が差し出してきた書類を、受けとり確認する。

「これで依頼成立です。よろしくお願いします」

「こちらこそ、よろしくお願いします！」

柚葉が頭を深々と下げる。

## 2

柚葉には午後から高校に登校するように言って、送り出した。

大学を除けば、学校は外部から狙うのは難しい場所だ。

不特定多数を対象とした事件は起きるが、特定の誰かを狙ったものは起きにくい。

外部の人間が学校に入れば、その途端に異物だとすぐにわかるようになっているからだ。

そのぶんその閉鎖性から、生徒や教師といった内部関係者で起きる事件は防ぎにく発覚もしにくい場所ではある。
ただ、高校で花束のような不審なことは起きていない、ということだった。
ひとまず高校は安全な場所だと考えてもいい。
なるべく、人と一緒に行動するようには伝えておいた。
人の目があることは、それだけで抑止力になる。
歩は柚葉と別れてから、事務所を出た。
やってきたのは、駅近くの小綺麗《こぎれい》なビルの5階。
外から見ると、窓に「谷原《たにはら》探偵事務所」と書かれているのが見える。
柚葉は他の探偵事務所から紹介されて、歩の元に来たと言っていた。
そんなことをするのは、この事務所しか思い浮かばない。
歩は5階に上がると、谷原探偵事務所のインターホンを押す。
『はい。どちらさまでしょうか』
礼儀正しい口調で、女性が応答してくる。
「貝瀬歩といいます。所長の谷原さんに会いに来た、と伝えてください」
『アポイントメントはございますか？』
「いえ、とっていません」

『それですと……あ、所長』

困ったような女性の声が、途中でほっとしたものに変わる。

『歩、奥で待ってる。……案内してやってくれ』

インターホンから男の声で返答がある。

「ああ、わかった」

ドアを開けてもらい、谷原探偵事務所の中に入る。

中には広いフロアに、13人ほどが働いていた。確か探偵は10人所属していたはずで、今は全員は在席していないようだ。それ以外に経理などの事務作業の担当者もいる。

何度か顔を合わせたことがある人間は「またか」という顔を向けてきて、最近事務所に入った人間は怪訝《けげん》そうな目を向けてくる。

歩は気にせずに奥の所長室に入る。

「来ると思っていたよ、歩」

所長室は窓側にデスクがあり、手前に応接用のソファとテーブルがあった。

その応接用のソファに、顎髭《あごひげ》を生やしたスーツ姿の50代の男が座っている。

谷原源太《げんた》。この谷原探偵事務所の所長で、歩が子供の頃から知っている馴染《なじ》みの人物だ。

「俺に依頼人を紹介するのは、あんたしかいないからな。谷原さん」

歩はそう言って、谷原と反対側のソファに座った。

谷原は叔父の元を頻繁《ひんぱん》に訪れていたから、歩もよく顔を合わせていた。

叔父に返し切れなかった恩の分だと言って、今では事務所を引き継いだ歩に世話を焼いてくる。

主に探偵の仕事を回してくることが多く、そのおかげで貝瀬探偵事務所がいまだに存在しているといっても過言じゃない。

だから、今回も他の探偵事務所から紹介を受けたという柚葉の話を聞いて、すぐに谷原の顔が思い浮かんだ。

「桐野柚葉に俺のところを紹介したのは、谷原さんだろ」

「ああ。うちではあの依頼人は引き受けられないからな」

谷原は肩をすくめる。

あの依頼内容では、普通の探偵事務所は引き受けない。

探偵事務所の仕事は、浮気調査や素行調査など主に調査をすること。

ドラマや小説のように、殺人事件を解決したり密室の謎を解き明かすことではない。それは警察の仕事だ。

「紹介だけして、すまそうってつもりじゃないだろ？　調べてあるんだろ、桐野柚葉について」

歩は話を切り出す。

ここに来たのは、柚葉を押しつけられた文句を言うためではない。情報を手に入れる手間が省《はぶ》けるからだ。

どうせ谷原の性格的に、調査は行っているだろう。

「自分で調べろ、と言いたいところだが、押しつけたのはこっちだからな。……おい、桐野柚葉の資料を持ってきてくれ」

谷原は内線で連絡をする。

すると、すぐに歩と変わらないぐらいの年齢の男が、ファイルケースを持って現れる。

「所長、こちらです」

「ありがとよ」

そのファイルケースを、歩のほうに渡してくる。

それを見てファイルケースを持ってきた男がギョッとしたような顔をする。

「なんだ？」

「い、いえ。なんでもありません」

谷原にジロリと見られると、男はそそくさと所長室から出ていく。

普通は自分の探偵事務所で調べたことを、他の探偵事務所の人間に見せたりなんてしない。当然の反応だ。

信用問題でもあるし、かかった労力の問題でもある。

だからといって、遠慮するつもりもない。

歩はファイルケースを手に取って、中身を確認する。

ファイルケースには、Ａ４用紙10枚に桐野柚葉について基本的な情報がまとめられていた。

住所や家族構成、両親の仕事や借金の有無、桐野柚葉本人の素行などが、わかりやくまとめてある。

有能な探偵がまとめたのが、資料を見るだけでわかる。

「桐野柚葉の素行は問題なし。通院歴もないな。両親もごくふつうのサラリーマンか。両親の仕事上のトラブルも見られない。きれいな経歴だな」

小さなトラブルはあるかもしれないが、そこまで調べるには時間が足りていない。

「予知なんて言葉が出て来なければな」

谷原は顔をしかめる。

柚葉が依頼に来た時に、扱いに困ったのかもしれない。

「桐野柚葉かその家族が、警察に相談に行ったことはないか？」

「警察？　いや調査した限りではないな。まあ相談ぐらいだと調べるのは難しいが。なんかあるのか？」

谷原が興味深げに歩を見る。

「あると思ったから、押しつけたんだろ？」

谷原だって探偵より医者が必要だと思ったら、歩を紹介したりしなかったはずだ。

もしかしたら、歩以上に柚葉からトラブルの気配を感じとっているのかもしれない。

「なにかあったとしても、依頼内容があれじゃ駄目だな。物語の探偵じゃないんだ。探偵の仕事は調査だ」

「浮気調査に素行調査、人探しとかな。たしかに、予知を見る女子高生を助けるのは、仕事じゃない」

「だから、引き受けそうなおまえのところにまわしたんだ。変わった依頼人しか受けないだろ」

　ひどい言い草だ。

「そんなつもりはないさ。ただ、調査の仕事は飽き飽きなんだ」

「なら、ちょうどいいだろ」

「変わった依頼すぎだ」

「どうせ仕事をしてなくて、暇してたんだろう」

　歩は肩をすくめる。

　図星《ずぼし》だ。貝瀬探偵事務所が忙しかったのは、叔父がやっていた昔の話。今ではたまにしか仕事をしない、ぐうたらな探偵事務所と業界内では言われている。

「調査するだけの仕事なんて、ここみたいな人手がある大手がやればいいだろ。弱小探偵事務所は、おこぼれで十分さ」

「歩……」

　谷原は心配そうに歩を見る。

その視線にいたたまれなくなって、歩はファイルケースを閉じる。

「資料助かったよ。じゃあな」

歩はファイルケースをテーブルに置いて、立ち上がる。

「もういいのか？」

「すべて目を通した。必要なことはここに入ってる」

歩は頭を指さす。

「相変わらずの記憶力だな。泰三さんが期待したのもわかる」

「期待外れだけどな」

叔父がなにを期待したのかわからない。

しかし、歩に探偵になれ、と勧めてきたのは叔父の泰三だ。

歩自身も性に合わないとは思わないが、退屈な調査仕事が向いているとも思えない。

今の歩を叔父が見たらどう思うのか。やはり期待外れだったと嘆くのか。

考えてもしょうがないか。もう叔父はいないのだから答えは出ない。

歩は思考を切り替えると、谷原探偵事務所を出た。

柚葉の通う高校の校門から、制服姿の生徒たちが出てくる。

下校の時間に間に合った。

調査資料で見たものの、柚葉について、歩自身で確認しておきたいことがいくつかあった。

それには直接、高校の生徒から話を聞くのが一番いい。

調査資料では、おそらくそこまではしていないはずだ。依頼を受けるわけでもない人間の調査に、そこまではさすがに人は割《さ》けない。

校門から少し離れた場所で、歩は誰に声をかけるか見回す。

この高校は学年ごとに制服のリボンやネクタイが変わるというデザインはしていない。すべての学年が同じデザインの制服を着ている。

それでも見ていると不思議と、誰が1年生なのかはすぐにわかる。

顔つきがまだ子供っぽかったり、制服が馴染んでいなかったりするし、逆に3年生は制服に年季が入っているし大人びて見える。

歩は校門から1人で出てきた男子生徒を見つけて、ちょうどよさそうだと思い近づいていく。

男子生徒は制服を少し着崩していて、校門から出るなりスマホを見ていた。よく言えば社交的、悪く言えば遊んでいそうといった印象だ。

「ちょっとごめん。キミ、1年生かな？」

歩はラフな口調で話しかける。

この年齢の相手をするときは、丁寧さより気安さのほうが重要度が高い。

「は、はい」

男子生徒は、面食らったように歩を見ている。

最初から目的の1年生を当てられたようだ。

「記者なんだけど、桐野柚葉って知ってる？」

歩は手帳を開いて、ペンを持ってメモをとる準備をする。

特に書き留《と》めるつもりはないが、そうしたほうが記者っぽく見える。

「桐野ですか？　同じクラスですけど……」

運がいい。クラスが同じかまではさすがに偶然に期待するしかない。

「どういう子かな？」

「桐野になにかあったんですか？」

男子生徒が警戒した、怪訝そうな顔をしている。

いきなりクラスメイトの女子について、記者を名乗る知らない男から尋ねられたら当たり前の反応だ。

「いやいや。そういうんじゃないんだ。彼女がアイドル事務所からデビューするっていう話があってね。それで今のうちから調べておこうかと思って」

あらかじめ用意しておいた答えを返す。

「そうなんですか！　どこの事務所から？」

男子生徒はさっきまでの警戒心がなくなって、食いついてくる。

人はいい話だと、口が軽くなる。特に深い付き合いがない相手だと余計にだ。

「それは企業秘密だよ。それで、どんな子？」

「真面目ですよ。でも、堅苦しくなくて、騒ぐときは一緒に騒ぐし話しかけやすいです」

歩が抱いた印象と大きく変わらない。

「なるほど。不思議な発言とかしたりしない？　オカルトチックなこととか」

「ぜんぜん。そんな話きいたことないです」

男子生徒は、きょとんとしている。

予知について学校では話してはいないか。

親しい友達に言っている可能性もあるが、高校に入ってまだ2カ月足らずではそれも難しいかもしれない。

「彼女が最近、疲れている様子とかなかった？」

「いや……そこまではわからないです。これ……桐野がアイドルデビューするっていう取材なんですよね？」

男子生徒の目に疑いが混じる。

「取材なんて大げさなものじゃないよ。彼女が人気アイドルになったら、こういった情報は聞けなくなるからね。今のうちに聞いておくんだ」

「そういうものですか」

「そんなものだよ。ありがとう。参考になったよ」

歩は校舎の中からスーツ姿の男性教師が出てくるのを見て、話を切り上げてその場から立ち去る。

生徒の誰かが教師に伝えたらしい。校門の前で待ちかまえている記者なんて、高校からしたら迷惑以外のなにものでもない。

歩が思っていたより早い動きだが、柚葉の安全を考えたら防犯意識が高いことは歓迎できる。

それに少しとはいえ、生徒から直接話が聞けただけで十分だ。

次に確認したいのは、やはり不審な花束のことだ。

もう下校時刻になっているし問題はないか。歩はそう考え、柚葉と連絡をとることにした。

## 3

桐野家の前で柚葉が待っていた。

制服ではなく、白のワンピースにクリーム色のカーディガンを羽織った私服姿だ。

髪も束ねておらず、セミロングのストレートの黒髪が肩にかかっていた。

柚葉に連絡して、花束が置かれていた現場が見たいと伝えると、すぐに了承の答えが返ってきた。

共働きの両親は仕事で家にいないらしく、歩が調査にきても怪しまれる心配はないとのことだった。

それでは違う心配が発生しそうなものだが、柚葉はまったく気づいてないらしい。

人の心の機微《きび》に疎《うと》いようには見えなかった。恐らくは、自分に対してどんな感情を向けられる可能性があるのか、無自覚なタイプというところか。

「普通だな」

歩は家を見上げてつぶやく。

柚葉の家は2階建ての一軒家で、住宅街の一画に建っている。

特別なところのないごく普通の家で、他の家との違いがあまりわからない。

少なくとも家の外観にびっくりしたなどの理由で、花束を落とした可能性はなさそうだ。

「なにかわかりましたか？」

柚葉が期待した目で見てくる。

「調べ始めたところですよ」

「そう……ですよね」

「ですが、他のことも含めて調査は進めています。なにかわかれば、すぐにお知らせします」

「はい。それで家に来たのは花束の件でしたよね？」

「そうです。花束が置かれていた場所を、確認させていただきたいと思いまして」

「それなら、ここですよ」

柚葉が、玄関の前を指さす。

表札のある門扉と玄関のドアは3歩分ほど離れている。

ここなら、なにかの拍子に落としたとは考えにくい。

敷地の中に入るか、外から投げ込むかしないと無理だろう。

「そのときの写真は撮ってないんですよね？」

「撮ってないです。重要に考えていなかったから……」

柚葉が申し訳なさそうに言う。

「気になさらないでください。今ある手がかりで調査をするのが探偵です。それに花束が確実に怪しいと決まったわけでもありません」

「そうなんですか？」

「怪しいと睨《にら》んではいますが、現状ではそれを客観的に証明するものはありません」

歩としては、9割はストーカーかそれに類する者の行動だと思っている。だが、柚葉に予断を持たせると、これからの調査に問題が生じる可能性がある。

「庭のあたりなど、見せてもらってよろしいですか？」

「大丈夫だと思います」

「ありがとうございます。なにか他に異変がないか、確認します」

歩はカバンから、盗聴や盗撮などの電波の感知器を取り出す。

昔はこういった機械は、専門業者や探偵が使うものだった。

今は時代が変わり、小型化が進んでネット通販で誰でも買えるぐらいに身近なものになっている。

柚葉は見慣れないのか、まじまじと歩が持つ機械を見つめている。

この様子だと、自衛で調べてみたことなどはなさそうだ。

スイッチを入れる。――と。すぐに感知器が音を発する。

いきなり当たりか。

歩は玄関のまわりで感知器をゆっくり動かしてみる。すると、玄関横の地面の土に少し埋まるように、盗聴器が置かれている。

注意深く見ないと、土にまぎれて気がつかない。

歩は手袋をして盗聴器を拾い上げる。

「あの……それは？」

柚葉が興味深そうにきいてくる。

「盗聴器です。内蔵電池型でまだ電波を発しているので、比較的最近置かれたものだと思います」

「そ、そんな……」

柚葉が口元を押さえて驚いている。

「誰かに聞かれているんですか？」

柚葉が周りをキョロキョロとする。

「このタイプの盗聴器は、そんなに遠くまで電波を飛ばしません。それなりに近くまで来ないと盗聴器の電波を受信することは難しいです。隣近所にお住まいの方であればわかりませんが、それ以外であれば、近くまできて盗聴電波を聞くことになります。ここに来るときには、そういった怪しいことをしている人間は見当たりませんでした」

「そうなんですね。でも、どうして盗聴器なんかがうちに……」

「花束の件もあります。他にも異変がないか、調べさせてもらってもいいですか？」

「お願いします」

歩は玄関から左回りに、家に沿って歩き出す。

草木や花を育てる趣味を持っていないらしく、ブロック塀と家の間は殺風景といってもいいぐらい、さっぱりとしていて物が少ない。

その分、おかしなところがあれば気づきやすく、歩としては助かる。

機械の感知だけでなく、しっかりと目でもおかしなところがないか見ていく。

家のまわりをぐるりと1周したが感知器も反応せず、歩の目もおかしなところは発見できなかった。

盗聴器や盗撮カメラが家の中に仕掛けられていても、妙な電波が飛んでいれば外から感知できる。感知器に反応がなかったことからも、その心配はない。

「他にはないようです」

歩にとっては、1つしか見つからなかったのは少し意外だった。

防犯対策がしっかりしていて、いくつも盗聴器を仕掛けるのはリスクが高いと思ったのか。

どちらにせよ、何者かが桐野家を盗聴して狙っているのは、間違いない。

それが桐野柚葉相手なのか、この家の誰かなのかは特定できないが。

「ご両親は共働きというお話でしたが、平日は桐野さんが一番家にいらっしゃる時間が長いんですか？」

「はい。掃除や洗濯や買い物なんかの家事をするので、放課後も家に真っすぐに帰ることが多いです」

そういえば、谷原のところで見た調査資料でも、柚葉が部活に所属している様子はないと書かれていた。

となると、やはりターゲットは柚葉の可能性が高いか。

なにか他に証拠となるようなことが、起きていればわかりやすい。

「ちなみに、ここ最近で桐野さんの洗濯物の下着が盗まれたりなんてことはありませんでしたか？」

「し、した……ないです、そんなの！」

顔を赤くして柚葉が答える。

恥ずかしがっている柚葉は放っておいて、歩は顎に手を当てて考える。

ストーカーがいるにしても、とても消極的な動きだ。

盗聴器が外に1つだけ。特にメッセージもない花束を置く。歩は今まで何人もストーカーを見てきたが、行動としては大人しい部類だ。

この程度であれば警察に被害を訴えても、ほぼ動くことはない。被害届を書いてそれで終わりだ。

基本的に日本の警察は、これから起きる事件を防ぐようには出来ていない。日本は平和だと言われているが、それでも大小の事件や事故は日本全国で毎日起きている。

そしてすべての事件が、即日解決されるわけではない。起きたことに対処するので精一杯なのだ。

だからこそ、探偵なんていう民間の商売が成り立つわけだが。

あとは、柚葉の予知をどう考えるか、だな。歩は結局はそこに行きつくのか、と頭が痛くなる。

予知を信じるとしたら、この盗聴器や花束を仕掛けた相手に殺されるということが考えられるが、そこまでの過激さは見られない。

ここから急激にエスカレートすることもなくはないが、予測は難しい。

歩が24時間警護できるわけではないし、一緒にいるから守り切れるとも限らない。

結局のところ、本人の自覚が一番の自衛になる。正しく恐れ、対処する。当たり前のことではあるが、それができるようにするのが探偵の役割だと歩は思っている。

「桐野さん。この間お話しいただいた花束が置かれていた件、それに今回見つかった盗聴器の件。この2つを考える限り、桐野さんにストーカーがいる可能性があります」

「ス、ストーカーですか？」

予想外だったのか、柚葉は目を見開いている。

ここまできても自覚がなかったのか。

そのことに歩は内心で呆《あき》れつつも、柚葉のここまで見てきた性格ならあり得るかとも思う。

「なにか心当たりはありませんか？　誰かに告白されて振ったりとか、見ず知らずの男性に声をかけられたとか」

「いえ……そんなことはないです。私、モテないですし」

柚葉が首を横に振る。

容姿からするとモテないようには見えないし、性格も悪いようには見えない。

少なくともクラスメイトの男子は、アイドルデビューするという話で騙《だま》せている。だから本人の自覚の問題だ。

「そのストーカーに殺されるんでしょうか」

柚葉はおびえた顔をする。やはり予知と結び付けたいようだ。

歩はどうしても信じる気にはなれない。

例えば占いで、水難《すいなん》の相《そう》が出ていると言われた後で、歩いていて車に泥水を引っかけられたとする。それを結びつけて、占いが当たったと考えてしまうのが人間の思考だ。

悪いことだとは言わないが、事実を見たい場合は目を曇らせることでもある。なるべくそれは避けたい。

「わかりません。調査は続けます。なにか異変があれば、すぐに連絡をください」

## 4

差し込む日差しの眩しさに、歩は目を細める。

歩は事務所のテーブルで、昨日集めた情報をパソコンにまとめていた。

頭には入っているが、資料に起こすことで整理されるから、歩はよくこの方法を取っている。

「盗聴器か。明確な証拠が出てきたのは大きい。だが、玄関前の外に仕掛ける意味はなんだ？」

盗聴器は室内に仕掛けるのが普通だ。外では周りに聞かれるのを意識して、大した話をしないものだ。盗聴をしなくても盗み聞きもできてしまう。

行き過ぎたストーカーなら、留守中の家に忍びこんで盗聴器や盗撮機器を仕掛けるぐらいのことはする。家人に気づかれないように室内の物には触らずに、痕跡を残さない手際のいいストーカーもいる。

そこまでいけば完全に犯罪だ。家に忍びこむのにピッキングなどの技術が必要に思われがちだが、最近はもっと簡単な方法がある。

家の鍵のメーカーと鍵番号を元に、まったく同じ鍵をネット経由で注文して作る方法だ。

街中にある鍵屋が作る複製キーと違い、本物と全く同じスペアキーを無関係の他人が持てる。

きちんとした鍵の製作会社であれば、注文時に本人確認をしている。しかし残念なことにネットには、アングラな商売をしている人間がいる。

いくら作る方法があっても、鍵のメーカーと鍵番号を知られる機会はないと思うかもしれないがそうでもない。

メーカー名や鍵番号は鍵に刻印されている。それをなんらかの方法で盗み見ればいいだけだ。

意識せずにSNSに上げた写真に鍵が写っていたり、少し貸した間に鍵の写真をスマホで撮られていたりすると、情報を盗まれたことにも気がつかない。そこから鍵の複製を勝手に作られてしまう。

柚葉には一応そのあたりは確認したが、SNSに写真は上げないらしく、家族も同じだという。

鍵を誰かに手渡したことはないらしいが、高校では家の鍵はカバンに入れっぱなしということだ。

学校関係者なら、隙を見てスマホで写真を撮ることぐらいはできる。

しかし、家に侵入された形跡がないのなら、そういった犯人像の可能性は少なそうだ。家の鍵を手に入れたのなら、使いたいのがストーカー側の心理だろう。

「犯人像についての絞りこみは無理か」

予知についても考えてみる。

予知の通りなら、明日桐野柚葉は殺される。

今でも馬鹿げた話だとしか思えないが、殺される可能性のあるストーカーという存在が出てきた。

とはいえ、ストーカーに殺される事件は、国内では数えられる程度だ。そもそも殺人事件が圧倒的に少ない。

テレビドラマでは殺人事件がまるで日常茶飯事のように起きているが、現実の殺人事件で命を落とすのは年間500人以下だ。自殺者は2万人以上。

目にする機会なら、殺人より自殺のほうが可能性が高い。

それぐらい滅多に起きない殺人事件が本当に起きるのか。

ただ、誰かに追われていたという状況と、ストーカーの存在はイメージとして重なる。

「やはり厄介だったな」

歩は頭をかく。

キッチンでコーヒーメーカーから、カップにコーヒーを注ぎ、ソファに戻りながら一口飲む。

ストーカー対策としては、桐野家に張りこみをしてストーカーの犯行現場を押さえる、というのが一番だ。

しかし、このストーカーは頻繁に行動しているわけじゃない。

柚葉が認識できた徴候は2件だけ。

次の行動がいつあるのかもわからない中、張りこみを続けるのなら人手のある探偵事務所に頼んだほうがいい。

歩1人では、そういった人海戦術のようなことはできない。

「谷原さんに相談して、引き受けてもらうのもありだな。身の安全を考えるなら、身辺警護会社を紹介してもいい。ただ……」

なにかが引っかかっている。

大事なことを見逃しているようで頭の片隅に、わずかな焦りがある。

それを導き出すために改めて考えてみたものの、新しい発見といえるほどのものはない。

「このまま他人に預けるなんて、俺らしくないな」

柚葉の依頼を引き受けたのは歩だ。

なら、その責任を果たすべきも歩だろう。

人手が必要なら、谷原に頼んで貸してもらうことを考えればいい。

そんなことを考えていると、ぐーっとお腹が鳴る。

腕時計を見ると、昼の12時過ぎ。

「メシでも食うか」

そう言って歩が立ち上がった瞬間、スマホの呼び出し音が鳴る。

通知されている名前は柚葉だ。

こんな時間にどうしたのか。歩は疑問に思いつつ、電話に出る。

『か、貝瀬さんですか？ 今、知らない男性に声をかけられました！』

スマホから、柚葉の焦った声が聞こえる。

知らない男とは、どういうことだ。高校にいるんじゃないのか。

疑問が浮かんだが、質問するより合流が先だ。

「どこにいますか？ すぐ行きます」

答えながら、歩は上着を摑《つか》んで事務所のドアに向かう。

話を聞きながら外に出る。

「外です。今は友達と一緒にいます。男性に声をかけられたときに、すぐに友達が駆け寄ってきてくれて」

「今もその友達と一緒にいるんですね」

「はい。家まで送ってくれるって言ってます」

「そうしてもらってください。私もすぐに家に向かいます」

電話を切る。

まだ学校にいる時間だから大丈夫だと思っていたのに、どういうことだ？

歩は足早に柚葉の家に向かった。


柚葉の家に着くと、インターホンを鳴らす。

「貝瀬さん……きてくれたんですね」

家から出てきた柚葉は、まだ制服姿のままだった。

無事な様子に、歩はほっとする。

「今、帰ってきたところですか？」

「少し前に。さっきまで友達がいてくれたんです」

「そうでしたか。中に入っても？」

「どうぞ」

柚葉に家の中に入れてもらう。

女子高生が1人しかいない家の中に男が入るのは問題があるのだが、緊急事態だからしかたがない。

「どうして、こんな時間に学校から帰宅しているんですか？　まだ早いと思うんですが」

「今日から中間試験で、午前中だけだったので……」

柚葉が伝えていなかったことを、申し訳なさそうにしている。

「そういえば、そういうものがあったな」

歩は唇を噛《か》む。

歩が高校を卒業してから10年は経《た》っている。中間試験なんてものがあったことを、すっかり忘れていた。

柚葉の予定を確認しなかったのは、歩の失敗だ。

「それで知らない男に声をかけられた、という話でしたが」

「テストが終わって、お昼ごろに学校を出たんです。そうしたら、知らない男の人に突然話しかけられて、『君は狙われてる。でも、僕が見守ってるから大丈夫だから』って言ってきたんです。そのあと、友達が気づいて駆け寄ってきてくれたら、男の人は走って行っちゃいました。そのあと、友達と家に帰ったら玄関の前に花束が置いてあったんです」

「花束というと、前と同じように？」

「はい。玄関のドアの前です」

「メッセージカードなどは入っていましたか？」

「いいえ。そこにある花束がそうです」

柚葉がダイニングテーブルの上を指す。

リビングに入ったときに目に入っていたが、そんな怪しげな花束を家の中に持ちこむ気によくなったものだ。

「一応、確認させてください」

歩は花束に怪しいところがないか、確認する。

季節には早いがひまわりの花束だ。この時期に花束にする量のひまわりを使うとなると、それなりにお金がかかっている。

歩は花束を手に取り、盗聴器や発信器などの電波が発生してないか。カッターナイフの刃などケガをさせるようなものが忍ばされていないか。細かくチェックする。

「大丈夫のようです。ただの花束ですね」

「そうですか。ちょっと怖かったのでよかったです」

柚葉は、安心した顔で息を吐く。

歩はリビングに戻ると、ソファに座る。

「話が途中でしたね。男が接触を図ってきた場所は、学校から離れてますか？」

「そんなに離れてないです。50メートルぐらい歩いたところかな」

「近いですね」

ストーカーが接触してくる場合、人気《ひとけ》がないタイミングを選ぶことが多い。人に見られてはまずい、という意識があるからだ。

それなのに、今回の男は人目もある高校からそう遠くない場所で接触を図ってきた。

今までの行動から、一足飛びに進んでいる。どうしてだ？

「あの……狙われてるって言ってましたけど、それって……」

「ストーカーがよく口にする言葉です。例えば、桐野さんが歩いていて男性に道を聞かれたとします。ストーカーからすると、その男性は敵に見えるんです。だから、守らなければという意識が働きます。……そういう意味では、今の私が敵なのかもしれません」

「貝瀬さんが？」

「仕事とはいえ、桐野さんに頼られていますからね。ストーカーからしたら敵でしかありません。それはそうと、話しかけてきたのはどういった男でしたか？年齢や服装などを教えてください」

「20代の半ばぐらいだと思います。カジュアルなチェックの青いシャツに、チノパンでした。髪は少し長めでした。お話しするのは得意ではなさそうでしたけど、悪い人には見えませんでしたよ。本当にあの人がストーカーで、私を殺しにくるんでしょうか」

柚葉は腑《ふ》に落ちない、という顔をしている。

殺しにくるというのは柚葉の予知の話でしかないが、人あたりがよく優しい好青年に見える人物が、ストーカーだったケースを歩は何人も見てきている。

「どんないい人に見えても、ストーカー行為をするかどうかとはあまり関係ありません。欲望を押さえられなかったり、実はコミュニケーションに自信がなかったりと、表からでは見えないことに起因するケースもあります」

「そうなんですね……」

柚葉は、釈然としないような顔をしている。

その話しかけてきた男に、それほど悪印象を抱かなかったらしい。

女性であれば、知らない男に突然話しかけられるだけでも不快に思うには十分だ。それなのに、ずいぶんとお人好《ひとよ》しな性格をしている。

「なるべく1人では行動しないでください。ストーカーが接触を図ってきたということは、エスカレートする可能性があります」

歩は釘《くぎ》を刺しておく。

言ってから、歩は引っかかりを覚える。

目の前に現れたストーカー。帰ると置いてあった花束。意味の少ない盗聴器。

この状況は本当にただのストーカー事件か。起きていること1つずつは、ストーカーがよくする行動だ。だが繋《つな》げてみると、状況が腑に落ちない。しっくりこない。

このまま後手に回って、身を守るだけで本当に大丈夫なのか。柚葉を守りきれるか。

この違和感から、1つの仮定が推理できる。ただ、今のところ証拠はない。

もしも歩の引っかかりの通りだとしたら、待つことが最悪を招く可能性もあり得る。

「罠《わな》を張りましょう」

歩は顔を上げると、柚葉に向けて言う。

「罠……ですか？」

柚葉は突然の提案に驚いている。

「相手が動いたところを、捕まえます」

「捕まえたほうがいいのはわかりますけど、どうやって罠を張るんですか？」

「もう張ってますよ。張るつもりだったわけではないんですけどね」

「え？　それってどういう……」

柚葉は混乱した表情で、歩を見る。

「さっきも言いましたが、桐野さんの家に私は上げてもらいました。それをストーカーは見ています。どう思うと思いますか？」

「え〜と……探偵と依頼人？」

そんなわけはないだろう。

探偵事務所に相談に行ったことは、ストーキングして知っているかもしれないが、断られて帰ってくる姿も見ているはずだ。

その状況だと探偵がくるとは想像しにくい。それに歩が1人で動いていることもあって、探偵には見えづらい。

「ストーカーは、私と桐野さんを特別な関係として見ているはずです」

「と、特別!?」

柚葉が大きな声を出す。

昨日からそういう傾向は感じていたが、柚葉はこういったことに頭が回らないらしい。

それは彼女の美徳だが、ストーカーにつけいる隙を与えているのも柚葉のこういった性格だ。

「明日、玄関の前で話をしましょう。ストーカーは見張っているでしょうから、そこを捕まえます」

「わ、わかりました」

柚葉が固い緊張した声で答える。

今からその調子でうまくいくか心配ではあるが、ストーカーを騙すことは難しくない。

すでに十分、歩は疑われている。

「あとは……」

歩はふと動きを止めて考える。

「貝瀬さん？　どうかしましたか」

柚葉が心配げに、歩を見てくる。

信条には反するが、保険はかけておくべきか。大事なのは桐野柚葉の安全だ。

「桐野さん」

「はい」

「やっておいてほしいことがあります」

歩は柚葉に伝えると、花束を回収して家を出た。

## 5

高校の正門から制服姿の生徒たちが、一斉に出てくる。

中間試験の最中だけあって、歩きながら暗記帳を開いている生徒や、試験が終わった後の遊びに行く予定の話をしている生徒など様々だ。

試験期間特有の、全体的にピリッとした空気を感じる。

歩は正門から30メートルほど離れた場所で、目立たないように時間を潰していた。

また教師を呼ばれては困るし、昨日柚葉が声をかけられたことも高校側が把握して警戒を強めている可能性はある。

10分ほど待っていると、正門から柚葉が出てくる。

友達と楽しげに話している姿からは、ストーカーに狙われているとは周りも気がつかないだろう。

その精神力はたいしたものだ、と歩は思う。

自分以外の尾行がいないことを確認しつつ、歩は柚葉の後についていく。

「本当に大丈夫？　昨日みたいなことがあったら」

「今日は平気だよ。またお願いすることがあるかもしれないけど」

「そのときは気軽に声かけてね」

柚葉は友達の女子と挨拶してから、別れる。

１人になったところへ、歩は近づいていく。

まるで、こっちがストーカーになった気分だが、探偵の仕事は大体こんなことが多い。

「桐野さん」

声をかけると、ビクッと肩を震わせてから柚葉が振り返る。

「ああ、貝瀬さん。ちょっと驚いちゃいました」

柚葉が笑う。

その笑顔が引きつっている。柚葉の信じている、自分が殺される予知の日は今日。そして、昨日は見知らぬ男に突然声を掛けられ、ストーカーの影もある。表にはあまり出さないが、内心では恐怖を強く感じていて当然だ。

「試験はどうだった？」

「勉強あんまりできてなくて……」

柚葉は乾いた笑いを漏らす。

「期末試験で取りもどせばいい。その時には、気がかりもなく勉強できる」

ストーカーの好きにさせるつもりはないし、依頼人を死なせる予定もない。次を頑張ればいい。

歩のそのメッセージが伝わったのか、柚葉は少しだけ落ち着いた表情になる。

「……そうですね」

言葉少なに歩いていると、柚葉の家の前までやってくる。

歩は人影がないか素早く周囲に目を配るが、見える範囲にはいない。

「ここで少し話をしましょう」

歩は玄関前で足を止める。

「なにを話しましょうか？」

柚葉は首を傾げる。

確かに歩と柚葉では共通の話題は少ない。事件のことを話すのも聞かれている可能性を考えるとやめたほうがいい。

「桐野さんの高校での話はどうですか？」

「いいですよ。じゃあ、貝瀬さんの話も聞かせてくださいね」

「わかりました」

歩は頷《うなず》く。

柚葉が興味を持つような話になるかわからないが、一方的に柚葉に話させるのも不公平になる。

「楽しみです。私の話でしたね。そうだなぁ……あっ、最近学校で不思議なことがあったんです」

「不思議なことですか？　事件に関係するような……」

「そういうんじゃないです。私がアイドルになるって言い出してる男子がいて、ちょっとした噂《うわさ》になってたんですよ」

ぶっ。思わず吹き出しそうになるのを、歩は堪《こら》える。

「そ、それはそれぐらい、桐野さんが魅力的ということなんじゃ」

「そんなことあるわけないですよ！　学校には私より可愛《かわい》い子がいくらでもいるんですから」

「アイドルは容姿だけではないですよ。もちろん、一定の容姿を要求はされますが、性格とか愛嬌《あいきょう》とかトークとかが大事だと聞いたことがあります」

「そうなんですか？　でも、どれもあんまり私にはないと思いますよ。だけど、男子は記者を名乗る人からちゃんと聞いたって言ってて、本当に私には覚えがないから不思議だなぁ、って話です」

「本当に不思議ですね」

歩は相槌《あいづち》を打っておく。

どうやら歩が噂の発端だとは、気づかれていないらしい。

「次は貝瀬さんの話ですよ」

柚葉が期待のこもった視線を向けてくる。

今、なにをしているか、柚葉は忘れていないだろうか。ストーカーが今もこの場を見ていることを想定して、その動きを誘っているのに、さっきまであった緊張した様子がない。

それはそれで自然な雰囲気が作れていて、ストーカーを騙しやすいからいいのかもしれないが。

「私の話といっても……」

歩は言いかけて、家の庭のほうからこちらを見ている男を見つける。

敷地内に先に入りこんでいたらしい。

「……桐野さん。驚かないで聞いて下さい。庭のほうに男がいます。この間の男と同じか確認してください」

歩はスマホを柚葉に見せるふりをして、カメラをそれとなく庭のほうに向けて、庭の様子を画面に映し出す。

柚葉は一瞬だけ目を見開いたものの、すぐに小さく頷いた。

誘い出しは成功か。敷地内に入っていることから、事情を聴く理由としては十分だ。

「私が男を捕まえます」

歩が動き出そうとしたとき、庭にいた男が柚葉のほうに走って向かってくる。

気づかれたか。歩は舌打ちすると、柚葉と男の間に割って入る。

「桐野さん、この場を離れて！」

歩は柚葉に向けて言う。

家の中に隠れることも考えたが、家の鍵を開けている間に接近される。

「は、はい！」

柚葉が玄関前から道に飛び出して、走っていく。

それを見てから、歩は目の前の男に向き合った。


柚葉は道路に出ると、全力で走った。

事前に歩から、ストーカーが現れた時は逃げるように言われていた。

だからこそ、歩の指示にすぐに動くことができた。

歩は大丈夫だろうか。

１００メートルは走ったところで、スピードを緩《ゆる》めながら柚葉はふり返る。

歩の様子はここからだと見えない。

頰を流れる汗をぬぐう。
戻って様子を見たほうがいいんじゃないか。
そう考えもしたけれど、近くにいるほうが歩に迷惑をかけるかもしれない。
もう少し待ってから、スマホに連絡をしてみよう。
手にしたスマホを仕舞おうとして、ふと柚葉は思い至った。
ちょっと待って。
この状況は、予知で見た光景に似てないだろうか。
家から走って逃げてきて、それでこの先の曲がり角で——。
ふらりと、曲がり角から見たことのない男が現れる。
何も言わずに柚葉に近づいてくる。
柚葉の視線が、自然と男の左斜め下に向けられる。
その男の右手には、銀色に光るナイフが握られている。
予知で見た通り。
柚葉は緊張で、喉《のど》が締め付けられたように声が出ない。
「信じていたのに……」
男が言い、ためらいなく柚葉に向けてナイフを突き立てる。

「ああ……あ……」

柚葉はお腹を刺されて、地面に倒れこんだ。

## 6

歩が見たのは、地面に倒れていく柚葉の姿だった。

その目の前には、40代ぐらいの男が呆然《ぼうぜん》とした顔で柚葉を見下ろしている。

一足遅れたか。

唇をギュッと嚙みしめて、まっすぐに男に走って向かっていく。

「なにをしている！」

歩は男に向かって、そのまま突進する。

男はポケットから、右手でナイフを取り出す。

それを見ても歩は、速度を緩めない。

男が右手をナイフごと突き出してくる。

歩は半身になって、冷静に男の右手を抱きこむように押さえて、捻《ひね》り上げる。

痛みに男がナイフを地面に落とす。

「ふっ」

歩は流れるように、そのまま腕を抱えて背負い投げを放つ。

「ぎゃっ！」

地面に背中から叩《たた》きつけられた男が、蛙《かえる》が潰れたような声を出す。

男は倒れこんで動かない。

「桐野さん！」

歩は倒れたままの柚葉に駆け寄る。

すると――。

「だ、大丈夫です……」

柚葉が、地面に手をついて体を起こす。

地面には刺されたらしい、ナイフが転がっているが、そこには血はついていない。

「ど、どうして……！」

男が首だけ上げて、目を丸くして柚葉を見ている。

気を失ったかと思ったが、意識は保っていたらしい。だが、当分は起き上がれないはずだ。

歩は男を無視して、柚葉の様子を見る。

「ケガはないか？」

「少しお腹が痛いです。でも、これのおかげで大丈夫でした」

柚葉がお腹をさする。

歩は1つ保険をかけていた。

予知で刺されることと、その箇所がわかっていたため、防刃《ぼうじん》チョッキを制服の下に着させておいた。

予知を信じるつもりもなかったし、柚葉を安心させるための単なる保険だった。

それがまさか、本当に刺されることになるとは思っていなかった。内心では冷や汗ものだ。

こうなっては、歩も考えを改めざるを得ない。

今の状況は、柚葉が予知したと言っていたものと酷似《こくじ》している。自作自演の余地もなく、これだけ言い当てられたら、柚葉の見た未来が存在すると考えたほうが矛盾がない。

パトカーのサイレンの音が、近づいてくる。

柚葉を追いかけながら通報しておいた警察が、やっときたようだ。

閑静な住宅街に現れたパトカーに、何事かと近所の人が様子を見に出てきている。

そのあとは、あっという間に話が進んだ。

警察への説明は歩がして、柚葉は念のため救急車で病院に搬送されることになった。

防刃対策をしてあっても、ナイフを突き立てられた衝撃はある。

内臓に傷やダメージがないとは限らない。

2人のストーカーは現行犯逮捕され、警察署に連行されていった。

歩もあとで警察署に行き、詳しい話をすることになっている。

パトカーに乗っていくかどうか聞かれたが、必要もないのにあまり乗りたいものではないので遠慮した。

住宅街のざわめきはまだ収まっていないが、これで厄介な依頼も終わりだ。

それにしても予知か。

考えを改めるつもりになっても、予知以外のなにか説明できる理屈があるのではないか、と思考をめぐらせてしまう。だが、徒労に終わりそうだ。

柚葉はまぎれもなく、自分自身の身に起きることを予知した。

歩はその考えを、受け入れるしかないと思ってしまっている。

しかし、そんなものを抱えているとしたら、柚葉はこれからどう生きていくんだろうか。

未来を知ることができるというだけなら、いいことのようにも思える。だが、実際は自分の死の未来を視た柚葉は、ずっと恐怖と苦しみを味わってきたはずだ。

今回は死を回避できた。そうでなければ予知の実現におののきながら柚葉は死んでいたかもしれない。未来を視たことで、恐怖が増しただけだ。

そんなもの歩だったら、まっぴらだ。

よく柚葉が、あんな真面目な性格でいられると思う。

自分や人に起きることがわかっても、いつも今回みたいに変えられるわけじゃないだろう。

そこまで考えて、歩は思考を打ち切る。

それは依頼の範囲外だ。


事件から3日が経ち、歩は探偵事務所のソファでごろ寝していた。

こうして昼寝を貪《むさぼ》れるのも久しぶりだ。

昨日までは警察で事情を聴かれる生活が続いていて、ようやく解放されたところだ。

探偵は、警察から胡散臭《うさんくさ》く見られることも多い。

それもあって、説明を信じてもらうのになかなか苦労した。犯人に疑われることこそなかったが、なにか違法なことをしていないか根掘り葉掘り聞かれた。

もちろん、予知については話していない。余計に信用度が下がりそうな話だから、話さないですむならそのほうがいい。

柚葉も話さなかったのか、警察からも予知の話は出てこなかった。

そんなわけで警察にも呼ばれなくなって、今日は1日ソファでゴロゴロする予定だ。

キーンコーン。インターホンが鳴る。嫌な予感がするから、無視だ無視。

やっと警察からの呼び出しもなくなったんだ。今日はゆっくりする。それに出なければ、相手だってあきらめて帰るだろう。

キーンコーン、キーコーン。インターホンが再び鳴る。

「いったい誰だ。土曜の昼間から探偵事務所に来るやつは……」

歩はクッションを頭からかぶる。

「貝瀬さーん。いませんか？」

ドア越しに柚葉の声が聞こえる。そんな気はしていた。

歩はため息をつくと、ソファから立ち上がる。

歩がドアを開けると、柚葉が立っている。

黒のカットソーにグレーのチェックのロングスカート姿と、大人っぽい印象の服装だ。

「いらっしゃったんですね。よかったです」

柚葉は悪気のない顔で、微笑《ほほえ》んでいる。

ナイフで刺されたところは、防刃対策が効いて軽い打撲だけで済んだと聞いていた。

見たところ、体調も問題なさそうだ。

「なんの用ですか？　あとは警察におまかせすることだと思いますが」

「それはそうなのですが、貝瀬さんへのお礼と……あと依頼料のお支払いがまだなので」

律儀だな、と歩は思う。

「どうぞ」

しかたなく歩は、柚葉を事務所の中へ招き入れる。

「失礼します」

柚葉の表情は、わずかにあった陰りもなくなって晴れやかだ。

今までも暗い印象はなかったが、それは普通の時の柚葉を知らない歩から見た場合だ。この朗《ほが》らかな表情が本来の柚葉なのだろう。

歩は柚葉にソファに座ってもらい、キッチンでアイスティーを用意して持っていく。

「あの……どうしても聞きたいことがあるんです」

柚葉が待っていたかのように切り出す。

「なんのことですか？」

アイスティーのコップを柚葉の前に置き、歩は向かい側のソファに座る。

「貝瀬さんは、もう1人のストーカーの存在に気づいていたように思えるんです。そうじゃないと、あんなもの着させないと思って」

「私が用意した防刃チョッキのことですか」

「はい。学校で着替えるのに苦労しました」

歩がかけておいた保険のことだ。

柚葉に学校から出る前に、制服の下に防刃チョッキを着こむように渡しておいた。防刃チョッキは防御性には優れるが、動きにくくなる。着慣れていないと苦しかったはずだ。

「花束がおかしかったんですよ」

「え?」

歩の答えに、柚葉は首を傾げる。

「もう1人のストーカーに、気づいた理由です」

「でも、あの花束は私の目の前にやってきた人が置いたんじゃ……」

柚葉は花束を置いたのは、柚葉の前に現れたストーカーだと考えているらしい。

1回目の花束ならそれでも説明はつく。しかし、2回目は明らかにおかしい。

「それは変なんです。直接会いに行くのなら、そのときに花束を渡せばいい。しかしそれをせずに、花束を持たずに会いに行き、その前か後かはわからないですが花束を家の玄関に置くというのは、行動としておかしすぎます。口で言葉を伝えられるのに、メッセージカードの一つも添えていないのも行動が合っていない」

「でも、ストーカーというのは、そういうものなのではないんですか?」

柚葉の言いたいことは、ストーカーに理屈が通じるのかということだろう。

　ナイフで刺したことからも、確かに行動が正常とは言い難い。ただ、それは一側面でしかない。

「ストーカーだからといって、すべての行動がおかしいというわけではないんです。確かにタガが外れた行動をとりますが、合理的でない行動をとるにしても、それなりに理由があるものです」

　ストーカーの心理も、人の思考であることには変わりがない。

　そこには思考の組み立てが存在している。考えの飛躍こそあっても、まったく想像もつかない人外《じんがい》の存在のような思考をするわけではない。

「貝瀬さんが言いたいのは、２回目の花束にはその理由が見当たらなかったっていうことですか」

「そういうことです。だから、別のストーカーがいる可能性を考えました。別の行動基準で動いているストーカーがいるのではないかと。そのストーカーは桐野さんの前には姿を見せず、花束を玄関の前に置き、その反応を聞くために盗聴器を玄関前に仕掛けた」

「玄関の盗聴器は、そういう意味があったんですね！」

柚葉が驚く。

意味のないように見えた盗聴器。それも柚葉の前に姿を見せないストーカーがいるのなら、隠れて花束の反応を窺《うかが》うという意味が生まれる。

そうなると、直接目の前に現れたストーカーとは人物像が異なってしまう。だから、他にもストーカーがいる可能性を考えた。

「そして、念のために桐野さんの予知の通りに状況が動くようにしました」

「……えっ?」

柚葉は初めて気づいたらしく、目を丸くしている。

予知通りになったのは、歩がそういうふうに誘導したからだ。

もしも予知が本物だと仮定すれば、刺される場所がわかっているので対策が可能になる。

あまりに歩の推測と予知の状況が合致するので、保険を打ったのだ。

腹部を刺されるとわかっていれば、腹部を刃物から守る方法はある。

しかし、予知が外れて腹部以外を刺されたり、違うタイミングで刺されたりしたら意味がないものだから、お守り程度にしか思っていなかった。

「あ、あの……予知の状況を作り出すなんてことできるんですか?」

柚葉は、信じられないという顔をしている。

そんなに驚くことだろうか。

「できますよ。2人のストーカーがいると考えれば、自然とわかります。1人のストーカーに追われて桐野さんが逃げる状況を作ればいいんです。そのとき、もう1人のストーカーが現れれば予知通りです」

「でも、そうすると私が刺されることになるのも、わかってて……」

「ですから、防刃チョッキを着てもらったんです」

「そんな……」

柚葉が絶句している。

もう1人のストーカーが現れるかどうか、ナイフを持っているかどうかは、歩にもわからなかった。

ただ、予知通りに状況を動かしてなにも起きなければ、それで柚葉は安心を得られると思っただけだ。

防刃チョッキの保険はかけたが、あくまで保険であって予知通りになると思っていたからじゃない。

万に一つの確率を考えたら当たってしまっただけで、困惑しているのは歩のほうだ。

「予知を、そんなふうに考えることもできるんですね」

柚葉は1人で納得したらしく、歩のことを尊敬のまなざしで見ている。

歩としては、考えていなかった方向に事件が解決して尊敬されても居心地が悪い。

「そういえば、ストーカーとは面識はないという話でしたが、なにがきっかけかわかりましたか？」

歩は話題を変える。

「それが……覚えていなかったんですけど、1人の方はコンビニで鍵を落とされた時に私が拾って、手渡した方だったそうです。もう1人の方は、駅で落ちていた財布を駅員さんに届けただけで、会ってもいない方で……」

「ナイフで刺してきたのが、駅で財布を拾った方ですね」

「そうです。なんでわかったんですか？」

「どちらかといえば、そうかなと思っただけです。ナイフで刺したストーカーは、姿こそ見せませんでしたが、盗聴器を仕掛けたり花束を置いたりと行動が積極的です。顔を見たことのない財布を拾った相手を捜すのも、行動力が必要なので」

「そんなことも推理できるんですね」

「推理というより想像です。もう１人のストーカーは、結局のところストーキングしていなかったんですね」

警察からそれらしいことは、伝え聞いている。

「はい。そこで花束を置いたりしている方を見たらしくて、私が危ないと思って忠告をするために、声をかけてきたりされたみたいです」

「それにしても、ストーカーが同時に２人いるなんていうのは、結構なレアケースですよ」

「うれしくないレアですけど」

柚葉は苦笑いしている。

「ストーカーは対策も難しいですからね。相手から勝手に想《おも》いを寄せられてしまうのだから、防ぎようがありません。今回のことを教訓とするなら、知らない相手に優しくすることは控えたほうがいいかもしれません」

「優しくしちゃいけないなんて、なんだか寂しいですね」

それを寂しいと思える柚葉は、やはり優しいのだろう。

「それは同感です」

柚葉とは違う意味で、歩は同意する。

優しくした側が、不利益を被《こうむ》る社会は不健全だろう。

しかし、実際問題として身を守るためにはそうするしかない。

それでも柚葉の性格なら、お節介を焼いてしまいそうではある。

「それで今日のご用件は、依頼料についてというお話でしたが」

歩は最初に柚葉が言っていた用件に話を振る。

このまま延々と話しているわけにもいかない。

「そうでした。今日は依頼料をお支払いしようと思ったんです。最初にきくべきでしたが、いくらお支払いすればいいでしょうか」

柚葉がソファに座りなおして、改まった表情で言う。

「私が動いたのは3日間。1日10万円で30万円です」

「そ、そんなに……。いえ、それぐらい当然ですよね。でも今そんなにお金はなくて……」

歩の言葉に目を見開いた柚葉は、申しわけなさそうな表情になる。

まあ、そうなるだろうとは思っていた。

「元々期待していない」

歩は口調を、普段通りに変える。もうお客様用に、猫を被《かぶ》る必要もないだろう。

「え、ええっ？」

柚葉が、急に態度の変わった歩に戸惑っている。

「それに俺が今言ったのは、一般的な探偵の相場だ。しかも、今回は正式な契約も結んでいない。子供から金を取る気はないからな。これからは人に何かを頼むときは、いくら払うか最初に確認することだ」

未成年との契約では、保護者の署名や確認がないものは契約者が無効にできる。今回も歩が契約を無理に主張したら、警察から事情を聴かれることになりかねない。

だから、最初から慈善事業のつもりで仕事を受けていた。

「でも、それだと申しわけないです！　あの、私をここで働かせてくれませんか？」

柚葉が腰を浮かせて、身を乗り出して提案してくる。

「はあぁ？」

突然の申し出に、今度は歩が驚く番だ。

「バイト代はいりません。少しでも恩を返せれば……」

「必要ない。バイトも募集していない。帰っていい」

歩はすぐさま拒否する。

にべもない断りに、柚葉は肩を落とす。

トスン、とソファに座り、柚葉は顔を上げて歩を見る。

捨てられた猫のように、瞳が揺れている。

「ごめんなさい。今のは嘘です。いえ、お金を払いたいのは嘘ではないんですが、ここで働きたいと思ったのは、怖いからなんです」

「怖い？」

殺される予知は終わったはずだ。

それなのに、なにが怖いというのだろう。

「また、予知が視えたとき、私だけだったらなにもできないことが怖いんです。でも、貝瀬さんは、これまで覆《くつがえ》らなかった予知をどうにかできるって、今回証明してくれました。お願いします！」

柚葉が、深々と頭を下げる。

「待ってくれ。今まで桐野さんが視た予知は、覆ったことがないのか？」

そんな話、歩は初耳だ。

「はい。ありません」

ということは、100％自分が殺されると思った中で、歩に依頼にきていたことになる。

そんなこと一言も歩には言わずに。

そして、これからも柚葉はそれを背負っていくことになる。

それが10代の女子高生が背負うには、どんなに重荷になるのかは想像ができる。

最悪、彼女は受け止めきれずに壊れるだろう。

「ああ……ほんとに面倒なものに関わっちまったな」

歩は頭の後ろを掻《か》く。

叔父の言葉がなくても、歩もそこまで薄情ではない。

「あの……」

「いいよ。バイトに雇う。ただし、これるときだけでいい。学生は勉強しとけ」

「ありがとうございます！」

柚葉が笑顔になって、また頭を下げる。

谷原はここまで見越していたのだろうか、と歩は考える。

いや。さすがにそこまでは考えていなかったはずだ。

叔父の言葉が浮かんだのが運の尽きだな、と歩は思う。

歩は世話になった叔父には今でも感謝している。自分の中で叔父の言葉に意味を求めてしまうのも、そのせいだとは気づいていても止められない。

まあアルバイトの1人ぐらいなら、どうにかなるだろう。

「それじゃあ、失礼します」

話が終わり、柚葉が立ち上がる。

ドアに向かいかけた柚葉が、不意に振り返る。

「貝瀬さん」

「なんだ。まだ用があるのか」

歩は目を細めて、柚葉を見る。

「依頼人と探偵のときの貝瀬さんより、今の貝瀬さんの話し方のほうがくだけていて、話しやすいです」

柚葉は、いたずらっぽい顔で笑っている。

「ああそうか。慣れてくれて助かるよ。さっさと帰れ」

歩は不機嫌な顔になると、しっしっと手で追いはらった。

# 第2話

# 隣人に秘密はあるか

# 1

貝瀬《かいせ》探偵事務所の朝は遅い。

朝という時間は寝て過ごすと言っていい。動き出すのは午後になってからだ。所長の歩《あゆむ》が夜型の生活をしているからだが、そもそも午前中に来客がないのも原因としては大きい。

もちろん依頼を受けているときは違うが、そういうときは寝れるときに寝るという生活になるので、朝型も夜型もない。

今日も歩は午後になっても予定がない。

ソファでゴロゴロしているつもりだったのだが、それを許さない相手がやってきていた。

「掃除なんて、しなくていいだろ。最低限には片づいている」

歩はソファに寝転がったまま、不満を口にする。

「本当に最低限です。ゴミはまとめてありますけど捨ててないですし、あちこちにホコリがたまっています。キッチンの流しの流れも悪いですし……」

言いながらテキパキと事務所内の掃除に勤《いそ》しむのは、桐野《とうの》柚葉《ゆずは》。貝瀬探偵事務所のバイトだ。

結局はバイトとして雇うことになった柚葉だが、高校生に経験のない事務作業をやらせるのも危うい。

ということで、来客時のお茶出し、それに掃除などを担当してもらうことにしたら……この有様だ。

柚葉がバイトにくるようになって3日。

エプロンを持参して連日放課後にやってきては、事務所の掃除に精を出している。

「おまえは小姑《こじゅうと》か……」

歩は言ってため息をつく。

両親が共働きの柚葉は、家事は中学生の頃からほぼ担ってきたらしい。あの一軒家の掃除をしているのなら、うるさくなるのも理解できる。

だからといって、この事務所でその能力を発揮してもらわなくてもいい。歩の認識ではこの事務所は来客に失礼のない程度には綺麗《きれい》だと思っている。

「あ、クモですよ」

柚葉が事務所の窓際の隅を、しゃがみこんで見ている。

「今なんて言った？」

歩は思わずソファから起き上がり、柚葉に確認する。

「だから、クモですよ。結構大きいから、アシダカグモかな」

柚葉は平気な顔で答える。

「す、すっ……」

「す？」

柚葉がきょとんとした顔で、歩を振り返る。

「すぐに退治しろ！　1秒でも早く事務所から存在を消すんだ！」

歩は捲《まく》し立てる。

「えー？　アシダカグモは害虫を食べてくれるから、益虫《えきちゅう》って言われたりもするんですよ」

「そんなことは知ってる！　だが、俺の事務所には必要ない！　というか、桐野はなんで平気なんだ」

最近の女子高生は虫が平気だなんて情報は聞いたことがない。

「毒とか持ってる虫は嫌ですけど、そうじゃないなら平気ですよ。母方の祖父母の家が、すごく山深いところにあって虫には慣れちゃいました」

どうしてクモを目の前にして、そんな呑気《のんき》な声で話せるんだ。

まったく理解できない。

「とにかく、俺の視界に入る前に事務所から退場させてくれ」

「わかりました。う〜ん、可愛《かわい》いんだけどなぁ」

柚葉は首を傾《かし》げつつ窓を開けると、外に向けて器のようにしていた両手を開く。

「戻ってきたらダメだよ。ここには怖い人がいるからね」

柚葉はクモに向かってなのか、話しかけている。

誰が怖い人だ。怖いのはこっちだ。

「でも、意外です。貝瀬さんがクモが苦手だなんて」

柚葉は窓を閉めると、興味深げに歩を見る。

「苦手なものぐらいある」

歩はバツが悪く、柚葉から目を逸《そ》らす。

クモがいなくなって心が落ち着くと、今度は柚葉に醜態《しゅうたい》を晒《さら》したことが気まずくなってくる。

「安心しました。これで少なくとも1つ、私がこの事務所でバイトしている意味ができましたし」

「クモ対応係か？」

「貝瀬さん1人だったら、大変だったでしょう」

「いざとなれば、どうにかできる」

歩だって、ハチ対策用の防護服を借りてくれればクモを外に出すぐらいはできる
……はずだ。

「そういうことにしておきます」

柚葉は楽しげに言って、掃除を再開する。

まったく。妙なところを見られた。

歩は苦虫を嚙《か》み潰した顔で、ため息をつく。

「そうだ。このあと5時から、依頼人が来ることになっている」

歩は掃除する柚葉の背中に向けて言う。

「えっ？　そうなんですか！　聞いてないですよ」

柚葉が驚いた顔で振り返る。

「今言ったからな」

「あと15分しかないじゃないですか。貝瀬さん、今回は依頼を受けるつもりはあるんですか？」

「その言い方だと、俺がいつも依頼を断っているみたいじゃないか」

「断ってます！　私が知る限りでも、旦那さんの浮気調査を頼みにきた女性と、奥さんのご友人の身元調査の2件を断ってますよ」

「そうだったか？　どちらも興味を持てるような内容じゃなかったからな。大手の探偵事務所に依頼すればいい話さ。そもそもなんでこんな小さなビルでやっている探偵事務所に依頼にきたんだか」

「そんなんだと仕事がなくなっちゃいますよ。それに貝瀬探偵事務所に依頼にくるのは、来やすいからだと思います。大通り沿いで駅からも遠すぎないですし、同じフロアに他の店舗がないですから違う用件の方と出くわす可能性がないですし」

「なるほどな。鋭い考察じゃないか」

歩は素直に感心する。

「その条件の良さも、貝瀬さんが依頼を受けないとしょうがないですけど。あっ……冷蔵庫の飲みものは賞味期限が切れてる！ 近くのスーパーで買ってきます」

柚葉は冷蔵庫を確認すると、エプロンを外して束ねていた髪を解《ほど》いて、慌ただしく事務所を飛び出していく。

「騒がしいやつだな」

自分が死ぬ予知に悩まされていたときは、もう少し大人しかった。でもこれが本来の桐野柚葉なんだろう。

そろそろ俺も依頼人を迎える準備をするか。

歩はソファから立ち上がって、体をのばす。

歩だって、依頼をすべて断るつもりでいるわけではない。

ただ、やりたいと思える依頼でないと、受ける気がしないだけだ。

退屈な調査だけなら大手のほうが迅速にすませてくれるし、お互いにとっていい。大手が受けない、または投げだすような仕事なら面白そうだと思うのだが。

考えつつストレッチをしていると、インターホンが鳴る。

事務所の時計を見ると4時50分。

柚葉が忘れ物でもしたかと思ったが、それならインターホンは鳴らさずにドアを開けるだろう。

歩は玄関に行き、ドアを開ける。

目の前に立っていたのは、20代半ばぐらいのオフィスカジュアルの服装の女性だ。

歩は、すぐに仕事モードに切り替える。

愛想《あいそ》の良い笑みを浮かべ、口調も猫を被《かぶ》る。

「どちらさまでしょうか？」

「お電話した、沢口亜矢《さわぐちあや》です。少し早いですけど、よろしいでしょうか」

覇気《はき》のない声で、女性は答える。

探偵事務所に依頼にくる人間が、明るく朗《ほが》らかであることなんて稀《まれ》だが。

「お待ちしておりました。どうぞ中へ」

歩は、亜矢を中に案内する。

亜矢は、事務所の中を見まわして、ほっとした顔をしている。

有名でもない探偵事務所で、ちゃんとしているのか心配があったのだろう。

柚葉が小姑のように掃除をしていたおかげで、印象がよかったようだ。

役に立つじゃないか。

亜矢にソファを勧め、向かい側に歩が座る。

飲みものは柚葉が買いに行っているので、後回しだ。

歩は亜矢のことを、それとなく観察する。

白のシャツにグレーのカーディガンで、下は黒のパンツ。すっきりとした印象で、いかにも会社帰りといった服装だ。

バッグもおしゃれより、実用性を重視した少し大きめな黒いものを持っている。

服装や持ち物からは、厄介な依頼人でありそうなところは見られない。

「さっそく、お話をお聞かせください。お電話では、ご隣人のことで悩まれているとお聞きしました」

電話を受けたときに、名前や簡単な依頼内容などは聞いてある。

「はい。実は……」

亜矢が言いかけたとき、事務所のドアが開く。

「遅くなりました！　スーパーが臨時休業で、駅前のコンビニまで行ってきた……あっ」

柚葉はコンビニの袋を持ったまま、歩と亜矢のほうを見て、「しまった」という顔をしている。

「申しわけありません。彼女はアルバイトでして、飲みものを買いに行っていたんです」

嘘《うそ》をつく必要もない。

歩はそのままを伝える。

「そうでしたか」

亜矢は柚葉を見て驚いてはいたけれど、安心もしているようだ。

考えてみれば、この事務所には歩と亜矢の2人しかいなかった。

初めて会う男と部屋に2人きりの状況に、緊張を覚えてもおかしくない。

「ごめんなさい。すぐに飲みものを用意します」

柚葉はキッチンに消えていく。

「沢口さんは、お仕事帰りですか？」

歩は柚葉が戻るまでの間に、依頼の話以外のことを確認しておくことにした。

「はい。会社帰りです。遅い時間になってすみません」

「いえ、まだ5時ですよ。探偵の仕事は24時間動くこともありますから、お気になさらないでください」

「そうなんですね」

しん、として会話が途切れる。

亜矢は返事はするものの、会話を膨らませるのは苦手なようだ。楽しい気分で依頼にくる人間は少ないとはいえ、これは亜矢の性格もあるのだろう。

会話があまり得意ではないタイプは、別に珍しいことでもない。

そういう相手でも、話をきちんときくのが探偵の仕事だ、と叔父も言っていた。

「お待たせしました」

柚葉が、アイスティーを注いだコップを持ってくる。

亜矢と歩の分、それに自分の分もテーブルにおき、そのまま歩側のソファにすわる。

依頼内容を聞く気満々だ。

聞いていいとはいっていないが、今回の場合はそのほうがいいかもしれない。

「あっ、その洋服！　そこのブランド好きでいくつか持ってますよ」

柚葉が亜矢の洋服を見て、嬉《うれ》しそうに話しかける。

「このブランドがお気に入りで。この貝殻のロゴがかわいいんです」

亜矢の表情が少しだけ緩《ゆる》む。

確かに亜矢の着ているカーディガンの胸元に、貝殻のロゴが入っている。

「私もロゴのデザインが好きで、お小遣いを貯《た》めて買ったんですよ」

話が逸れているが、亜矢から固さがいくらか取れたように見える。

亜矢のようなタイプは、歩1人が相手をすると、余計な緊張をしてしまう場合がある。

柚葉がいれば、それも少しはよくなるかもしれない。

リラクゼーション効果のある、置物みたいなものだ。

「それでは、ご依頼の詳細についてお聞きしてもよろしいですか？」

改めて、歩は話を切り出した。

## 2

「私はアパートの1階に住んでいるんです。その隣人のことで気になることがあって……」

「気になるというのは、なにかトラブルがあった、ということですか？　怒鳴《どな》られたとか、嫌がらせを受けているとか」

隣人トラブルの依頼でよくあるのは、文句を書いた紙をドアに貼りつけられていたとか、鍵穴に細工をされたとか、多くは人目につかない瞬間に行われる嫌がらせだ。

探偵に、その証拠をつかんでほしい、というものが多い。

そういったことは、警察より探偵のほうが身軽に動ける。

警察は事件の調査をするが、探偵は事件かどうか関係なく調査をする。

結果、それでなにもなかったとしても、探偵にとっては調査自体が仕事だから問題ない。

そこが警察と探偵の大きな違いだ。

証拠さえ摑《つか》めれば、賃貸なら管理会社、持ち家なら市役所などに相談することもできる。それでも駄目なら、弁護士を雇って裁判を起こすことも可能だ。

「いえ、そういうんじゃないんです」

亜矢は首を横にふる。

隣人の問題でトラブル以外というのが、歩にはすぐに思いつかない。

自然と怪訝《けげん》な顔になる。

「隣に住んでいるのは男性の方なんですが、挨拶をする程度しか知りません。ただこの前、聞いてしまったんです」

「なにを聞いたんですか？」

歩は先をうながす。

「『始末をする』『やれば金になる』『今さら手を引けるわけがない』といったことを話していたんです」

「確かに！　普通では言わないようなことですね」

柚葉が口を挟んだので、歩はジロリと睨《にら》む。

「そうなんです！　人を殺そうとしているんじゃないかって思って、怖くなって……」

亜矢は興奮気味に言う。

言葉どおりに受けとれば、犯罪を匂わすものではある。

しかし、すべての言葉が額面通りなら、世の中はこんなに複雑ではない。

「もちろん、普通に口にする言葉ではありませんが、絶対にないわけではありません。例えばお隣に住んでいる方が小説家やシナリオライターなのかもしれません。また役者なのかも。それなら物語のことを話されていた、と考えればおかしなことではありません」

歩は冷静に可能性を示す。

独り言ならインターネットを使った配信者なども、含まれるだろう。

「だけど、行動も変なんです。夜中に出かけて行く音が聞こえたりもしますし……」

亜矢は、不安げに歩と柚葉を見る。

夜中に出ていくのは、夜勤なのかもしれない。または夜の散歩が日課ということも考えられる。

それを犯罪に絡めてしまうのは、亜矢の中で思いこみが大きくなっているのだろう。

なにかしらの客観的な結論が出ないと、落ち着かない。

そういう状態にでもならなければ、探偵事務所になんてやってこない。

「気にしすぎだとはわかっています。ただ、今のアパートに引っ越して来る前にいたところで、トラブルがあったんです」

「それはお聞きしてもいいことですか？」

歩は亜矢が話し出す前に、確認しておく。

聞いてはいけない話を聞かされても困る。

「大丈夫です。終わったことですし。前に住んでいたアパートの隣の男性の方が、ある時部屋に怒鳴りこんできたんです。音がうるさいと言って」

「騒音問題ですね。隣人トラブルでは一番よくあるものです」

「だけど、私は生活音以上のことに覚えがなくて……。『知らない』と言っても聞き入れてもらえずに、警察とアパートの管理会社が来る騒ぎになったんです」

「冷静に判断してもらうということでは、第三者を入れるのはいいことですよ」

「はい。結果的にすぐに騒音は私ではなく、他の部屋から出ていることがわかったんです。でも、怒鳴りこんできた男性は謝罪もせずに帰っていきました。それからすぐに引っ越したんですが、隣に住む人が気になるようになってしまって……」

亜矢は暗い表情で俯《うつむ》く。

「そんなことがあったら、怖くなって当然ですよ」

柚葉が、亜矢に励ますように声をかけている。

柚葉と話す亜矢の様子を、歩は観察する。

そういった経験があれば、今回の依頼もわからなくもない。

隣人の不穏な会話を聞いたというだけで、探偵に依頼に来るのは大袈裟《おおげさ》だ。

探偵事務所からすれば、それ以上になにかあるのかと疑いたくなる程度には、おかしな依頼ではある。

過剰に見える隣人への反応も、前に住んでいたアパートでのトラブルが原因と考えれば納得はできる。

「それでご隣人の調査ですか」

亜矢が落ち着いてきたのを見て、歩は話を進める。

「はい……勝手に調べるのは気が引けるのですが」

「こちらも違法な調査はしません。公に調べられることだけです。それでも、さきほど言った小説家やシナリオライターの方ならわかりますし、そうでない後ろ暗いことがあっても、なにかしらわかると思います」

「なら、引き受けていただけるんですか？　ほかの探偵事務所では、受けていただけなくて……」

一般的な探偵事務所ならそうだろうな、と歩は思う。

さっきも考えた通り、亜矢が過剰に反応しているだけだ。

依頼人が被害にあっているならともかく、明確な被害はない。それなのに調査を行うのは、探偵側にもリスクがある。

調査も合法とは言ったものの、勝手に調査された側の感情は別だ。

調べられたとわかれば、新たなトラブルの原因になる可能性がある。そうなれば、歩も当事者になってしまう。こういった依頼は面倒臭さしか感じないし、できれば断りたい。

「申し訳ないのですが……」

歩が断りの言葉を切り出す。

そのとき——。

「うっ……」

急に柚葉が、頭を押さえて顔をしかめる。

「桐野、どうした？」

歩は柚葉にきく。

「アレが……視《み》えて……沢口さんが……」

柚葉が苦しげに、小声で言う。額《ひたい》から冷や汗が流れている。普通の状態じゃない。

救護しようと腰を浮かしかけて、歩は思い至る。

まさか……予知か。

前に頭痛と同時に予知を視る、と言っていた。

亜矢の目の前だから、「アレ」なんて言い方をしたんだろう。

しかも、今柚葉は「沢口さん」と口にした。予知の内容が、この目の前の依頼人に関することということか。

柚葉に確認したいが、亜矢の目の前で予知の話をするわけにもいかない。

「あの……彼女、大丈夫なんですか？」

亜矢が心配そうに、柚葉を見る。

「だ……大丈夫です。ちょっと片頭痛持ちで。薬飲んできます」

柚葉は立ち上がり、ふらつく足どりでキッチンのほうに歩いていく。

片頭痛とさらりと嘘が出てくるのは、いつも言い訳にしているからだろう。

不自然ではない言い訳だ。

実際に亜矢も柚葉のことを心配そうに見ながらも、必要以上に気にかけている様子はない。

「話が途中でしたね」

「は、はい」

歩の言葉に、亜矢が向き直る。

予知を視たなら話は変わってくるか。本当に隣人が事件に関わっている可能性が出てくる。ああ、面倒くさい。

「ご依頼はお引き受けします。お隣に住む男性に怪しいところがあり、犯罪などの事実があるかどうかの調査、でよろしいですか？」

「それでかまいません。お願いします」

亜矢が頭を下げる。

続けて具体的な話を聞くところだが、予知のこともあるし柚葉も同席してもらったほうがいい。

ただ、どのぐらいの時間で回復するのかまでは聞いていなかった。時間がかかるようなら、同席は諦めるしかない。

そう思ってキッチンに目を向けると、柚葉が出てきてこちらにやってくる。顔色はまだ少し青ざめているが、苦しそうな表情ではなくなっている。

「大丈夫か？」

「はい」

歩が聞くと、柚葉がしっかりと頷《うなず》く。これなら同席させてもよさそうだ。

柚葉がソファに座るのを見て、改めて歩は亜矢のほうを向く。

「では、具体的なお話をうかがわせてください。まずは、どういった形で、さきほどの隣人の方の言葉を聞いたんでしょうか。面識は挨拶程度ということですが」

「隣の部屋の男性が、窓を開けたまま話をしていたんです。こちらも窓を開けていたので声が聞こえてきて……」

「なるほど。物騒な話をするには少々不用心ですね。隣人の男性の話し相手の声は、聞こえてきましたか？」

「いえ……１人の男性の声しか聞いていないです」

亜矢は首を横に振る。

「なら、電話などで話をしていた可能性が高そうですね」

もしくは独り言だが、これは亜矢の主張を否定するものになるから口に出さないでおく。

「沢口さんも、隣人の男性の声を覚えているわけではないんですよね？」

声だけでは、見知った相手でもわからなかったりするものだ。

ただの隣人の声を、覚えているとは思えない。

「はい。１人の声しか聞こえなかったので、隣人の男性だと思って……」

「反対側の隣人ということはないんですか？」

柚葉が質問する。

当然の疑問だから、あえて止めない。

「角部屋なので、隣は1つしかありません」

「上の階はどうですか？」

「女性の方が住んでいます。少しバルコニーに出て声を確認したので、隣の部屋からなのは間違いないと思います。ただ、探偵さんがおっしゃった通り、隣人の男性の声を聞き分けられないので、別の誰かという可能性もあるんですね」

亜矢は自分が思いこんでいたことに、気づいたようだ。

声が聞こえてきた方向を、正確に把握するのは難しい。特にアパートやマンションなどの集合住宅だと、上下左右と斜めを含めた八方から音が聞こえる可能性がある。

亜矢は1階に住んでいるということなので、下方向は除外できたとしても今度は道路からの声が聞こえる。

「それも含めての調査です。あと、私のことは貝瀬とお呼びください」

外で探偵と呼ばれてしまうと、調査していることがばれたりして不都合がある。

「わかりました。貝瀬さん」

　亜矢が頷く。

「続けて、その声を聞いた時間です。いつごろでしょうか」

「今から1週間ほど前の火曜日です。時間は夜中の0時過ぎだったと思います」

「よく覚えていらっしゃいますね」

　そこまで細かく覚えているとは、思っていなかった。

「怖いと思ったので、メモをとっておいたんです。本当は録音できたらよかったんですが、気が回らなくて」

「十分ですよ。そのメモはお持ちですか？」

「はい。これです」

　亜矢がバッグから紙をとりだす。

　そこには、日時とさっき隣人が言ったとされる言葉が書かれている。字は少しゆれていて、動揺しながら書いたことが窺《うかが》える。

「こちらのメモの写真を撮らせていただいても、よろしいですか？」

「こんなもので役に立つのなら」

「もちろん役に立ちます」

客観的証拠とは言えないものの、亜矢の証言を裏づける証拠の一つではある。

「決定的な証拠があればいいですが、そうでないことが多いんです。なので、細かな証拠を一つずつ積み上げていく形になると思います」

「刑事ドラマみたいですね。貝瀬さんにご依頼できて、安心しました」

亜矢は、ほっとした表情をしている。

探偵の仕事の多くは、最終的には依頼人の不安を取り除くことだ。実際に被害を受けている場合はその解決のために動くが、今回のような切迫した危難がない場合は、依頼人の気持ち次第なところもある。

極端な話、依頼をしただけで半分ぐらいは満足する人もいる。

「それではさっそく調査に入ります。進捗《しんちょく》は数日ごとに、ご報告いたします」

亜矢に必要書類を書いてもらい、今日のところは帰ってもらうことにする。

この後にも、話を聞かなくてはいけない相手が控えている。

「よろしくお願いします」

深々と頭を下げて、亜矢は事務所を出ていく。

それを見送ってから、歩は柚葉に向き直る。

時計を見ると、6時を過ぎている。

「さて。子供は帰る時間だと言いたいところだが、その前に一つ聞かせてもらおうか」

歩はソファにどっかりと座り、柚葉をじろりと見る。

「予知のこと、ですよね？」

「やっぱり視たのか」

歩はため息をつく。

そうだと思って亜矢の依頼を受けたものの、予知の内容次第では面倒事の予感しかない。

だからといって、聞かないという選択肢もない。

予知の実在を知ってしまった以上、柚葉の予知は聞く必要のある情報だ。その情報を精査しないのは、歩の主義に反する。

「その予知の内容、話してくれ」

「はい！」

柚葉はなぜかうれしそうにソファに座ると、予知の内容について話しだした。

「予知の内容は、沢口亜矢さんが捕まってどこかに監禁されている、というものでした」

柚葉は一口で言い終わると、真剣な顔つきで歩を見る。

柚葉が予知で視たということは、これから亜矢が何者かに監禁されるということになる。

それが隣人のことと関係があるのかどうかわからないのは、柚葉の時と同じだろう。身の周りにいる不審な人物が怪しいことには違いがないが、先入観は持つべきではない。

他に情報は？　と歩は柚葉を見る。だが、柚葉は続きを話すそぶりすらない。もったいぶっているわけでもなさそうだ。

「……それだけか？」

歩は確認する。

「はい。それだけです」

柚葉がコクリと大きく首を縦に振る。

「この前の予知は、もう少しくわしい内容だったじゃないか」

「あの時は、だいぶ詳しかったんです。視る予知の内容は私には決められませんし、予知で視られる時間も数分のときもあれば、数秒のときもあります」

「都合がいいものじゃない、ということか。だが、沢口亜矢が危険に晒されるのは間違いない、と。場所や犯人の容姿、時間はわかるか？」

「沢口さんはどこかの工場か倉庫のようなところで、イスに座らされて後ろ手に縛られているように見えました。暗いのではっきりしないんですが、男の人が2人ぐらいいたと思います。時間がわかるようなものは、ありませんでした」

予知の時間が短いとはいっても、情報はそれなりにある。

数秒だったとしても、犯行中の写真1枚を見ていると考えればそれも当然か。

「その状況が本当に起きるのなら、沢口亜矢に必要なのは探偵ではなくてボディガードだな」

「警察は動いてくれないですよ」

柚葉は、何度か経験があるのか唇をキュッと嚙んで言う。

「今までに警察に相談したことがあるのか？」

「あります。友達が交通事故にあう予知とか、ひったくりにあう予知のときに相談したことがあります」

「相手にされなかっただろ」

「はい。警察官の人から、カウンセリングを受けることを勧められました」

「当然だな。予知がどうだの信じて動く俺たちが、どうかしてるんだ」

「そうですね、どうかしてます」

そう言った柚葉の口元が綻《ほころ》んでいる。

「なぜ、そこで笑う」

「あれ？　私笑ってましたか。……貝瀬さんが予知を信じてくれるのが、嬉しかったのかな」

柚葉は自分の口元を触って、首を傾げている。

「まあいい。この前の事件は、予知を逆手にとって解決できたようなものだから な。利用しておいて今回は信じないというのは、俺のポリシーに反する」

柚葉の予知の情報を無視することがもうできなくなった、というのが正直なところだ。

歩の中では、柚葉の予知は精査するに足る情報だと、判断してしまっている。

「貝瀬さんらしいです。だから、私も予知を視た後に笑っていられるんだと思います。いつもだったら、不安でしょうがなかったから」

自分や他人の未来が視えても、解決策がないのなら不安と恐怖しかないだろう。

歩がいたからといってそれが軽減されるわけではないのだが、人に話せるというだけでも違うのかもしれない。

「それで、これからどうするんですか?」

「さあな。それを今から考える」

「え?」

柚葉は目を丸くしている。

「なんでもかんでも、すぐに思いつくわけがないだろう。とりあえず、子供は帰れ」

日が伸びたとはいえ、もう窓の外は暗くなってきている。

ストーカーはいなくなっても、世界から危険がなくなったわけではない。夜遅くに出歩かないほうがいいに決まっている。

「わかってます。明日の放課後、また来ますね」

柚葉はバッグを持つと、事務所を出ていく。

静かになった事務所で、歩はキッチンに行ってアイスコーヒーをコップに注ぐ。

それを片手に飲みながら、依頼について整理する。

「隣人が犯罪者に思える、か」

沢口亜矢の話は、単なる思いこみの可能性が高いものだ。

しかも、亜矢に危害が加えられる話ではなく、あくまで隣人が犯罪者かもしれない、という亜矢にはなんら関係しないことでもある。

もちろん隣人が犯罪者だった場合、いい気分はしない。恐怖もするかもしれない。なにか出来たかもと後悔するかもしれない。

しかし、亜矢に危害を加える話を聞いたのでないのなら、無関係の犯罪者だ。

新聞に載っている事件とそう変わらない。

だから、調査をするにしても、あくまで亜矢の自己満足になる。

それが嫌だったから、歩は最初断ろうと考えた。

しかし、それを覆《くつがえ》すことが起きた。

柚葉の予知だ。

予知なんてものを信じるのか、と言われれば信じたくはない。

歩はこれまで科学と目に見えるものを信じて、生きてきたタイプだ。

幽霊や超能力も信じていない。

実際にいないか存在するかは関係ない。

それを勘定に入れたら、物を考えるときにきりがないからだ。

思考するときには、まずは条件を設定しなければいけない。

幽霊や超能力を前提条件に入れない、と歩は設定している。

ただ厄介なことに、柚葉がストーカーに狙われる事件で、予知が的中しているのを歩は実体験してしまった。

これは無視できない。

科学的な根拠があるかないかより、自分の経験をとる。今まで歩はそうしてきた。

その結果「柚葉の予知」は、条件設定に加える価値があることになった。

依頼を受けた段階では、亜矢に対する予知か確信は持てなかったが、その可能性が高いだろうと考えた。

そして案の定、柚葉の予知では亜矢は犯罪に巻きこまれるらしい。

依頼を引き受けておいてよかったわけだが、問題は予知の情報の少なさだ。

亜矢が監禁されるとして、犯人はその隣人なのかそれともまったく別のだれかなのかはわからない。

犯罪者は隣人ばかりではない。

どこにだっているし、ほとんどの人間は道路ですれ違った相手が犯罪者であっても気づくことはない。

その可能性を考えてもいないだろう。

そうしなければ、街中を歩くことができなくなる。

亜矢もそうだ。

隣人が犯罪者かもしれないことを恐れているが、この事務所からの帰り道に犯罪者とすれ違う可能性については恐れていなかった。

人は見たいものを見たいように見る。

だからこそ、監禁が起きるとして、その犯人が亜矢の隣人だと決めつけることはできない。

しかし、同時に亜矢の隣人である可能性も捨てられない。

ただし柚葉のときとは違い、亜矢からの依頼は隣人の調査だ。

亜矢を狙う人間を探し出すことじゃない。

「そう割り切れれば楽なんだけどな」

歩はソファに寝転がりながら、ため息をついた。

# 3

熱気が肌に張り付くような湿度の高い暑さに、歩は額に滲《にじ》む汗をぬぐった。

歩は、亜矢の住むアパートの近くまで来ていた。

平日の昼間なので、亜矢は会社に出社している時間だ。

目的は亜矢に会うことではなく、アパートの実物を見ること。

まずはどういった場所かを見てみないことには、亜矢の言っていた話の辻褄《つじつま》が合うのかどうかもわからない。

探偵は妄信《もうしん》的に依頼人の話を信じるわけではない。どちらかといえば、最初に疑うのは依頼人だ。依頼人の話が正しくなければ、依頼内容そのものが破綻《はたん》してしまう。

その後の探偵の行動全てが徒労になることもあり得るわけで、最初に確認すべき事項になるのもしかたがない。

歩は遠くの物陰から、アパートの写真を撮る。最近は、盗撮に厳しい目を向けられているので、写真を撮っているところを見つかるとすぐに警察に通報される場合もある。

カメラをしまい、改めてアパートを観察する。

築年数は16年。2階建てのきれいなアパートだ。アパートにある15部屋全てに入居していて、人気が高い物件らしい。

「2階建ての普通のアパートか」

特別変わったところがあるアパートではない。

歩はアパートの敷地内に入ると、亜矢から聞いていた部屋番号から部屋を探す。一番手前の部屋なので、すぐにわかった。部屋番号のみで表札などは出していない。最近は集合住宅で表札を出すほうが珍しくなった。

女性の一人暮らしなら安全面を考えても、誰からも見られる場所に個人情報を出しておかないほうがいい。

問題はこの隣の部屋か。

歩は視線を左横に向ける。亜矢の隣の部屋は、外からは特に怪しいところはない。

荒れているとか、外に物があふれているといったこともなく、人が住んでいるのかわからないぐらいに静かだ。それはアパート全体に言えることではある。平日の昼間なら当然かもしれないが。

アパートの出入り口にある、郵便ポストも確認するが、よく管理されていて不審なところはない。

周りに人がいないことを確認して、亜矢の隣人の部屋の前まで行ってみる。

ここまで来ても、部屋の中から物音は聞こえてこない。不在なのか寝ているのか。

「ん？」

歩は目を細める。

電気メーターの動きが速い。

スマートメーターで、デジタル表記の数字が10秒おきに切り替わって表示される。

1つは消費電気量で、もう一つは太陽光などの発電量だ。

その消費電気量の数字がかなりの速さで増えている。

この季節なら、エアコンをガンガンに効かせるほどじゃない。

その割には真夏か真冬に、エアコンや暖房器具をフル回転させているかのような数字の動き方だ。

かなり電気を使っているらしい。電子レンジとドライヤーを同時にでも使っているのか。

熱帯魚の水槽があったり爬虫《はちゅう》類を飼っていて温度管理をしていたりすると、年中電気代が相当かかると聞いたことはある。

そこまで考えたところで、コツコツと足音が聞こえる。

買い物袋を持った40代ぐらいの女性が、怪訝な顔で歩を見ると階段を登っていく。

このままだと、こっちが怪しい人間として通報されかねないな。

やっていることは、完全に不審者だ。

アパートの出入り口まで戻ってきたところで、体格のいい20代後半ぐらいの男とすれ違う。

機嫌が悪そうな顔で、肩で風を切るように向かってくるので、歩は自然と体を横にして道を開ける。

それに満足したように男はアパートの1階通路に向かうと、さっきまで歩がいた亜矢の隣の部屋に鍵を開けて入っていく。

あれが問題の隣人だったらしい。

確かにあれは、印象はよくはないタイプの人間だ。服装はラフで、平日の昼間にＴシャツにジーンズ姿でふらついているとなると、一般の会社員といった風には見えない。

……それは歩も一緒で、人のことは言えないが。

どちらにせよ、それだけで怪しいとは言えない。

スーツを着ない職業など山ほどあるし、平日が休みの職業も山のようにある。最初に亜矢に話したように、小説家やシナリオライターや役者ならスーツを着る機会のほうが少ないだろう。

平日の昼間に、部屋にいるのもおかしくない。

ただ、Ｔシャツの袖口からわずかに覗《のぞ》いた上腕に、小さな入《い》れ墨《ずみ》が見えた。

入れ墨は、日本ではいれる人間は少ない。

海外ではファッションの一つだが、日本では職業によっては隠して生きていかなければいけないことのほうが多いだろう。

怪しさは増したが、だからといって疑うのは偏見が過ぎる。

歩はアパートのバルコニーがある側に回ってみる。

気づかれると面倒なので遠目からしか確認できないが、さっきの亜矢の隣人の部屋は、カーテンがしっかりと閉まっている。

1階の部屋だと、カーテンを閉め切ったままにする住人もいるだろう。

変なことではないのだが、さっきすれ違った男のイメージと少しばかりずれがある。

「まずは裏をとるか」

歩はアパートを離れて歩き出した。

一度事務所に戻ると、時刻は昼の3時半だった。

この時間なら、「アイツ」もまだいるだろう。

歩はそう考えて、カメラなどの荷物を室内に置いて、事務所のドアを開ける。

「あれ、貝瀬さん。どこか行くんですか？」

ドアを開けたところに、柚葉が立っていた。

制服姿のままで、高校からまっすぐにこちらに来たらしい。

「ちょっと買い物だ」

「なら、私が行ってきますよ。なにを買ってくるんですか？」

「いや。自分で行くからいい」

「駄目ですよ。その間に依頼の電話があったりしたら、どうするんですか」

「今は沢口亜矢さんの依頼を受けている。他の依頼は受けないから、断ればいいだろ」

「そうかもしれませんけど、その判断をするのは貝瀬さんですよ」

柚葉の言うことはもっともだ。

いくら依頼を同時に2つ受けるつもりがないとはいえ、柚葉に依頼を断らせるわけにもいかない。

妙なところで柚葉は頭が回る。

「情報収集で出かけるんだ。電話は留守電にしておけばいい」

「……私はついていっては、駄目ですか？　それとも危険なところに行くとか？」

柚葉は歩を窺うように見てくる。

危険があるようなところに、行くわけじゃない。

だから、連れていくことはできる。あまり気が進まないというだけだ。

それにこんな会話をした後で、歩が出かけて柚葉が大人しくしているだろうか。

しばらく働く柚葉を見ていてわかったが、基本的な性格が世話焼きの心配性だ。

勝手に歩の後を追ってくるのではないかと、いらない心配をすることになる。

それなら連れて行ったほうがマシかもしれない。

「わかった。ただ、制服は駄目だ」

「トイレで着替えてきます！」

柚葉は事務所の中に、急いで入る。

どうやら事務所のトイレで、着替えるつもりらしい。

10分ほど事務所のドアの前で歩が待っていると、柚葉が出てくる。

青系のチノパンに上はシンプルな白のシャツと、動きやすさ重視のラフな服装だ。

「私服なんて持ってきていたのか？」

「一応、着替える必要があるかと思って」

歩は柚葉の準備の良さにあきれつつも、これなら問題ないかと判断する。

「行くぞ」

「はい！」

歩が歩き出すと、柚葉が嬉しそうな足どりで後をついてきた。

繁華街は平日の夕方前ということもあって、人通りが多い。

まだ明るい時間なので制服姿の男女も多く、歩にとっては顔をしかめたくなる程度には騒がしい。

歩はそんな大通りの喧噪《けんそう》から1本裏路地に入ると、薄暗い道を進んでいく。

「どこに行くんですか？」

柚葉はきょろきょろとしながら、歩の後をついてくる。

「情報屋のところだ」

「情報屋って……そんなの実在するんですか？」

柚葉が驚いている。

情報屋なんて言われると、映画かドラマの中の存在に思えるが、情報を商売の材料にする仕事は珍しくもない。

例えば学校という制度も、知識という情報を教える場だ。専門技術を教える学校なら余計にその色合いは濃くなる。

新聞の記事やネットニュースも情報だし、講座や講演会というのも情報の売り買いをしている場だと言える。

情報屋は少しばかりニッチで、グレーゾーンの情報を扱っているというだけだ。

裏路地を進むと、地面にアクセサリーを広げて売っている露天商の姿が見える。

いかにも怪しい。

アクセサリーを売りたいなら、表の大通りでやったほうがいい。こんな裏路地に入ってくる人間はまずいない。

そんなアクセサリー屋が、ただアクセサリーを売りたいと思っている人間なわけがない。

「よお」

歩はアクセサリーを広げている、30代前半ぐらいの男に声をかける。

「あ、旦那ですか。久しぶりですね」

男は歩を見ると、柔和《にゅうわ》な笑みを浮かべる。

この男が情報屋の山田《やまだ》だ。山田というのが本名なのかはわからないが、そう名乗っているので詳しくは調べていない。

情報屋にも様々な分野があり、世界を相手にする情報屋もいれば、ごく狭い範囲の情報を取り扱う者もいる。

歩は基本的には自分で情報を集めるが、早く情報が欲しい場合にはこういった情報屋を使うこともある。

今回も、亜矢の身の安全がいつまで担保《たんぽ》されているかわからない以上、情報を早めに手に入れることを優先した。

「旦那、珍しいですね。連れがいるなんて」

山田が言って、柚葉を見て面白そうに笑う。

「無理矢理ついてきたんだ」

歩は渋い顔をして、自分の後ろにいる柚葉に目を向ける。

柚葉は不思議そうな顔で、山田を見ている。

「私も貝瀬探偵事務所の人間です。ついてきても問題ないと思います」

優等生すぎる答えに、歩は頭を抱える。

「変わったお連れさんのようだ。それで今日のご用は？　彼女のアクセサリーを買いにきたんですか」

「なわけあるか。この男について知っていることを聞きに来た」

歩は山田に、写真を表示させたスマホを見せる。

アパートですれ違った亜矢の隣人の男の写真だ。

部屋に入る前に、スマホで写真を撮っておいた。

「そっちの仕事ですか。う～ん……ある程度はありますね」

山田は自分のスマホを操作しながら、あっさりと答える。

「ということは、犯罪歴があるのか？」

「暴力沙汰《ざた》ですね。酔っ払って喧嘩《けんか》になった相手を殴って、1日ほど留置所にいたという程度ですが。その後、示談がまとまり、不起訴になっています」

この情報屋は、この一帯の犯罪についての情報に特化している。

この街のスーパーで万引きで捕まった、となれば、この男は30分後にはその万引き犯がどこに住んでいて、何という名前の人間で、どんな仕事をしているのかを知っている。

どうやって情報を集めているかわからないが、かなりダークな方法だろう。

だが、急ぎで情報が欲しい場合は、こういう方法も仕方がない。

1人の人間を調べるのには、足を使い時間をかけなければならない。

柚葉の予知に日時を特定できるものはなかったようだが、猶予《ゆうよ》があるとは限らない。

調べることに時間をかけすぎて、最悪の事態を招いてしまったら意味がないというのが歩の判断だ。

「なるほど。金払いはいいんだな」

歩は、示談で不起訴という言葉から考える。

怪我の度合いによるが示談となると、30万から100万程度はかかる。

その金額は、ある程度の蓄《たくわ》えがあったり稼いでいないと難しいだろう。

裕福な人間が住むアパートには見えなかったし、貯金をコツコツするタイプにも見えなかったが、人は見かけによらない。

家賃3万円のアパートに住みながら、億単位の貯金をしていた人間を歩は知っている。

その男の遺産問題で揉《も》めたために、雇われたのが歩だっただけだが。

「名前と年齢と住所はこれです」

山田が、スマホの画面を見せてくる。

メモ帳アプリに、名前と年齢と職業と住所だけが書かれている。

柚葉が身を乗り出してから、そのメモ帳アプリの画面を、自分のスマホを取り出して写真に撮ろうとする。

「撮るな。覚えろ」

歩は柚葉を制止する。

「え？」

柚葉は目をパチパチとさせて歩を見る。

「お嬢さん、すみませんね。ここでは覚えていってもらうようにしているんです。どこから足がつくかわかりませんから」

山田が説明する。

「そうなんですね。ごめんなさい」

柚葉が謝る。それから一生懸命にスマホの画面を凝視している。

「もう、いいぞ」

歩が言うと、山田がスマホを引っこめる。

「あっ」

まだ覚えきれていなかったらしい柚葉が声を上げたが、気にしない。

「ちなみに、この男がほかに犯罪を犯していたり、計画している話はないか？」

「犯罪が発覚してればわかります。しかし、捕まっていないものや、計画はわかりませんね。あくまで、起きた犯罪とその人間についての情報しか扱っていませんん」

「そうだったな」

危ない橋は渡らない。

そういう人間だから、歩も情報を買うときは山田に頼むようにしている。

きいておいてなんだが、犯罪計画まで知っていたとしてもその信憑性《しんぴょう》は怪しいだろう。四六時中、街中を盗聴や盗撮をしていたとしてもそこまでは摑めない。となると、情報屋自身が犯罪計画そのものに加担していたり、その黒幕から情報を引き出しているといった話になってくる。

そこまで行くと、ダークどころか真っ黒だ。

こんな中途半端な情報屋を使う人間がいるのかと思うかもしれないが、今回のように隣人の経歴が気になる人間は意外に多い。

隣に住むだけでなく、店を始める場所の近隣の人間についてや、同じビル内に入っている人間についてなどの需要があるらしい。

個人情報といっても、犯罪者の情報となると罪悪感が薄れる。それが軽犯罪だとしても、勝手に調べても相手に瑕疵《かし》があるからいい——と人は考えてしまいがちだ。

だから、この情報屋も商売が成り立つ。

「助かった。いつもと同じ額でいいな」

歩は3万円を、山田に手渡す。

これを高いと取るか安いと取るかは人によるだろうが、他の探偵に頼むことを考えれば破格の値段ではある。

「ありがとうございます。またお待ちしてますよ」

「そんなに頼る予定はないけどな」

歩は言って、大通りに向けて歩き出す。

柚葉も慌《あわ》ててついてくる。

「貝瀬さん、ひどいです。まだ覚えている途中だったのに」

柚葉が不満げな顔をしている。男の情報のことだろう。

「俺が覚えたんだからいいだろう」

歩はポケットから小さなノートを取り出し、さっき見た男の名前と年齢を書いて柚葉に渡す。

「これがさっきの情報だ」

「今、メモをとるのはいいんですか？」

「これはあのスマホから写したものじゃない。俺の記憶から書いたものだ」

「……ええ、それでいいんですか」

柚葉は納得していないようだが、あの場でメモしないということがお互いの安心につながる、というだけだ。

歩は情報を改めて、頭の中で反芻《はんすう》する。
男の名前は朽木《くつき》亮河《りようが》。年齢は32歳、フリーターだ。
そんな男が酔っての暴行事件か。
酒癖が悪ければ、普通のサラリーマンでも起こすようなものだ。
犯罪に手を染めている、というほどのものじゃない。
ただ、そんな事件であっても、ほとんどの人間は起こすことがないのも事実だ。
事前に調べられるのは、こんなところか。
あとは、直接調べるしかないな。

## 4

快晴の強い日差しのせいで、立っているだけで体力が奪われる。
土曜日の朝の10時過ぎ。
歩は亜矢のアパートの近くで、朽木亮河が出てくるのを待っていた。
これ以上のことを調べるには、朽木を尾行するしかない。
うんざりしつつ、歩は後ろを見る。

そこには柚葉が立っている。

同じ日差しを浴びているというのに、柚葉はどこか気分良さげだ。

これが年齢の差だろうか、と歩は考える。

「言っておくが、俺の指示には絶対従え。じゃないと置いていく」

歩は柚葉に言う。

「わかってます」

柚葉は、気合の入った表情をする。

逆にその力《りき》み具合に、歩は不安を覚える。

尾行に柚葉を連れてきたくはなかったが、どうしても行きたい、予知を視るかもしれないと言われて、渋々連れてくることにした。

確かに柚葉が予知をまた視るようなことがあれば、少しは調査のプラスになる。

予知を前提として動きたくはないが、元々依頼内容が特殊なケースである上、依頼を受けたのは柚葉の予知があったからだ。

沢口亜矢が監禁されるというのも柚葉の予知によるものだけで、現段階では朽木亮河は、亜矢が過剰に気にしているだけの多少素行が悪い一般の男性だ。

監禁が本当に起きると仮定するなら、探偵としての調査と並行して、追加の予知を期待するのも当然だろう。

「どうして俺は、こんなオカルトを信じなきゃならなくなったんだ」

歩は小声でぼやく。

「出てきました」

柚葉の言葉に、視線をアパートに向ける。

朽木はアパートの部屋から出てくると、近くの駐車場へ向かう。

後を追っていくと、朽木が車に乗り込む。

グレーの軽乗用車で、一世代前の古い車種だ。中古で買った可能性もありそうで、高い車でないのは間違いない。

歩も自分が乗ってきた車に乗り込む。こちらも軽自動車でかなり年季の入った車だ。叔父から譲り受けたものだから、20年ぐらい前のものになるだろう。

「早く乗れ」

歩は柚葉を助手席に乗せると、発車した朽木の車の後を追う。

「どこに向かうんでしょう？」

柚葉が、前を走る朽木の車を見つめている。

「さあな。それを調べるために尾行するんだ」

朽木が最初に向かったのは、ショッピングモールだった。

「買い物にきたんですね」

柚葉が納得したように頷いている。

そう単純ならいいが、と歩は思いつつも口にはしない。

混みあうショッピングモールで、見失わないようにしながら朽木の後をつける。

ショッピングモールは、いくつかのエリアに分かれていた。アパレルショップや家具のお店のエリア、日用品やペットショップのエリア、飲食店のエリアなどだ。

朽木は特に目的はないのか、ゆっくりとした足取りでエリアに関係なく、店先を見ながら歩いている。

休日で混雑していることもあり、尾行に気づかれることはまずない。

朽木を見失う可能性はあるが、あのゆっくりとした歩きならその心配も少ないだろう。

もちろん、朽木に尾行を気づかれて走り出されたりしたら難しいが、気づかれた時点で尾行は一度終了するしかない。

こちらは警察でもなく、相手の犯罪の証拠を握っているわけでもない。尾行に気づかれて強気に出られないのは歩たちだ。

1時間ほど適当にぶらついて、今のところ朽木が買ったのはファストフードのハンバーガーだけだ。

そのハンバーガーを食べ歩きしながら、またぶらついている。

誰かと待ち合わせする様子もなく、休日のヒマつぶしのようにしか見えない。

「なにかを買いにきたわけでもなさそうだな」

エリアを横断するように、あちこちを歩いているがお店の中に入ることもほとんどない。

「洋服とかも見る気はなさそうですね」

「金遣いが荒いということもないか」

ここで散財でもしていれば、金の出所に不審さがでるが、それもない。

買ったのはハンバーガーだけで、金がなく倹約しているようにすら見える。

「洋服といえば、今日の桐野の服装は、沢口さんの服装に似ているな」

柚葉は白地のTシャツに、グレーのカーディガンを羽織っている。

そのグレーのカーディガンの胸元に、貝殻のロゴが刺繍《ししゅう》されている。そのロゴには見覚えがあった。

亜矢が依頼に来た時に着ていたものにも、同じロゴがついていた。服のデザイン自体もよく似ている。

「同じブランドですから。あの時も言いましたけど好きなんですよね、ここのブランド。……でも、服が似てるとか女の子に言うのはどうかと思いますよ」

「子供でもか」

「どうせ子供ですよ」

柚葉がそっぽを向く。

そういう仕草が子供っぽいと思うんだがな。

それを言うと、さらに怒らせそうだからやめておく。

結局、朽木はそれ以上ショッピングモールでなにも買わずに、車で移動する。

次にやってきたのは、釣《つ》り堀《ぼり》だ。

「こんなところに、釣りができるところがあるんですね」

柚葉が興味深そうにしている。

最近見かけるようになった街中にあるタイプの釣り堀で、元からある川を使っていて結構な広さがある。

こういったところの釣り堀は、平日でも仕事帰りの釣り好きのサラリーマンなどがよく来るらしい。

土曜日の今日は、カップルや家族連れで賑《にぎ》わっている。ショッピングモールから釣り堀とは極端ではある。とはいえ、買い物をしていないから荷物がなくて軽装だ。

それに朽木は受付で談笑していたから、常連の可能性は高い。ショッピングモールから釣り堀というのが、朽木の習慣になっているコースなのかもしれない。

少し間を空けてから、歩も受付を済ませる。

レンタルの釣り竿《ざお》を2本借りる。

「これが竿だ。釣りの経験は？」

「小学生の小さい時にしたような気はしますけど、よく覚えてないです」

それなら経験がないと、ほぼ同じだろう。

「これがエサだ。生餌《いきえ》も選べるが、悲鳴でも上げられたらたまらないからな」

粉になったエサに、水分をふくませて団子状にして釣り針にくっつけるタイプだ。

ここでは生餌も買えるが、釣りに慣れない柚葉がまともに扱えるわけもない。

釣り経験がないだろうと思って、無難《ぶなん》にこちらのエサを選んでおいた。

「虫が苦手なのは、貝瀬さんだと思うんですけど」

「クモが特別に苦手なだけだ。他は大丈夫だ」

釣り堀は池が2つ並んでいるが、どちらでも変わらないらしい。

歩は朽木が釣りをしている池とは違う池を選び、用意されているイスに腰を下ろす。

朽木のことは視界に入るが、他にも客がいるので歩たちは向こうからはそれほど気にならないだろう。

柚葉は渡されたエサを、熱心にこねて釣り針につけて、竿をたらしている。

目的を忘れていそうだが、それならそれで邪魔にならなくていい。

朽木は退屈そうに釣りをしながら、あくびをしている。

釣り好きというほど真剣にも見えないし、釣り竿は借りものだ。それなのに常連ということは、釣りそのものより、釣り糸を垂《た》らしてのんびりするのが目的ということだろうか。

「貝瀬さん。せっかくだから話をしてもいいですか？」

柚葉が釣り糸を垂らしながら、聞いてくる。

「そうだな。話ぐらいしていないと不自然か」

連れがいるのに会話もろくにしないのは、かえって目立つだろう。

「どうして、今の仕事をしようと思ったんですか?」

「探偵」という言葉を使わなかったのは、尾行中であることや周りへ聞こえることを考えての、柚葉の配慮だろう。

亜矢にも伝えていたことを、ちゃんと覚えていたようだ。

「叔父から勧められただけだ。叔父も同じ仕事だったからな」

「じゃあ、叔父さんから引き継いだんですか?」

「そうだ。大学を卒業してから、サラリーマンを2年ほどして今の仕事に就いた」

「ご両親は反対しなかったんですか?」

「親は10歳の時に交通事故で亡くなった。その後、親代わりとなって育ててくれたのが叔父だよ」

「そう……なんですね」

どうしてか、柚葉のほうがショックを受けた顔をしている。

「あの……その叔父さんっていう方は……」

「亡くなったよ。２年前だ」

「ごめんなさい」

柚葉が慌てたように謝る。

歩が身の上話をすると、大抵の相手はいたたまれない表情になる。

「気にすることじゃない。病気だったし、覚悟もしていた。２年も経《た》てば自分の中で消化できる」

「そういうものなんですか……？」

柚葉はわからないという顔をしている。

まだ、大切な人を亡くしたことがないのだろう、とその表情から歩は察する。

両親を亡くした時も、叔父を亡くした時も悲しかった。

特に両親を亡くした時は、歩は幼かった。１カ月は部屋に引きこもっていたらしい。その頃の記憶は曖昧《あいまい》で、後から叔父に聞いた話だが。

叔父を亡くした時は歩も大人だったし、病気で長くないとわかっていて覚悟ができていたのも大きいだろう。

悲しむよりも、叔父の見送り方を考えていた時間のほうが長かったように思う。

「人によるだろうな。俺はそうだったというだけだ」

そんな話をしていると、朽木が釣り竿を置いて立ち上がる。

帰るのかと思ったが、釣り竿がそのままだったところを見ると違うようだ。

奥の建物の裏手に姿が消える。

「トイレでしょうか？」

「たぶんな」

柚葉の問いに答える。

思ったとおり、10分ほどして朽木は戻ってくる。

そのまま釣り竿を持って、受付に返却している。今度こそ帰るようだ。

歩も釣り竿を持って立ち上がる。

歩は元々釣るつもりがなくエサをつけていなかったし、初心者の柚葉はエサをとられてばかりで、２人とも釣果《ちょうか》はゼロだ。

朽木はそのまま車でアパート近くまで戻ってくると、近くのスーパーで総菜《そうざい》を買って帰宅する。

アパートから出てこないことを確認して、今日の尾行は終わることにした。

「なにもありませんでしたね」

柚葉が拍子抜けした表情をしている。

「今日1日を見ただけだ。それでボロが出るほうが稀だし、本当になにもないかもしれない。桐野も新しい予知は視ていないだろ？」

「はい……でも！　沢口さんの予知を視たのは本当ですよ」

「わかっている。それが問題なんだ……」

予知がなければ、問題は複雑化しない。

亜矢の隣人を調べて、なにもなければそれを報告して終わり。

しかし、予知をきいてしまった以上、亜矢が監禁されるのは確実なのだから、少しでも先回りしておきたい。

必然的に犯人を捜すことになるが、一番怪しいと思われる隣人の朽木が犯人でないとすると、まるで手がかりがなくなる。

別の方面からも、調査する必要があるか。

そう思っていると、アパートから亜矢が出てくる。

Tシャツにロングスカートとラフな服装だ。

「あれ、た……貝瀬さんに桐野さん」

亜矢が、歩たちのほうにやってくる。

「こんにちは」

柚葉が笑顔になって、挨拶している。

「今日はどうされたんですか」

「仕事ですよ。沢口さんは？」

歩は尾行については、言わないでおく。

「そこまで夕飯の買い物です」

「そうですか。なら、お引き止めするのは悪いですね」

「調査はどうなりましたか？」

亜矢がきいてくる。

「この場ではちょっと……。進めているとだけ申しあげておきます」

歩は言葉をにごす。

こんなアパートの前では、だれに聞かれているかもわからない。

それに中途半端に報告するのは、先入観を与えてトラブルの元だ。一定の結果が出るまでくわしい報告はしないほうがいい。

「そうですよね。引き続きよろしくお願いします」

亜矢はあっさりと引き下がると、挨拶をして歩たちの前から立ち去る。

「こちらも引き上げるぞ」

「手がかりなかったですね」

「まあな」

まったく気になることがなかったわけではない。

それは柚葉に言う必要はないだろう。

柚葉も予知を視ることもなく、尾行で得られた情報も決定的なものはない。

せめていつどうやって監禁が起きるのかわかれば状況が変わるのだが、とないものねだりをしてしまう。

予知という結論だけ先に提示される情報に振り回されてるな、と歩はため息をついた。

## 5

歩は事務所のソファの上であくびを噛み殺す。

窓の外は日が昇《のぼ》っていたが、歩はこれから眠るところだ。

昨日の夜、柚葉と別れてから朽木の部屋を外からずっと見張っていたためだ。

結局、朽木は夜にアパートから出てくることはなかった。

夜に動く可能性もあるかと思ったが、そういったこともなく朝方になったので、事務所に戻ってきた。

さすがに徹夜明けは眠い。仮眠をとることに決めて部屋を暗くする。

その直後に、歩のスマホの着信音が鳴る。

「誰だ。こんな時間から」

歩は眠い頭でぼんやりしながら、電話に出る。

「……かい……せ……さん」

聞こえてきたのは、途切れ途切れの声。

静かな事務所でなければ、聞き取ることなどできなかっただろう。

声の主はすぐにわかった。

「桐野か⁉　どうした？」

ただごとじゃない様子に、歩は目が覚める。

「予知……まち……がい……」

電波状態が悪いのか、わずかにしか声が聞こえない。

「おい！　返事をしろ、桐野！　……くそっ！　切れてやがる」

歩は舌打ちすると、すぐに事務所のドアに向かう。

電話は、間違いなく柚葉のスマホからだ。

どういうことだ？

断片的だったが、言葉を繋《つな》げると「予知間違い」となる。

なにを間違っているというのか。

それも気になるが、なにより柚葉が電話をまともに出来ない状態というのが問題だ。

電波状態が悪いだけならいいが、それ以外の嫌な想像がいろいろと浮かぶ。

歩は事務所を出ると、柚葉の家に向かう。今日は日曜日だから、家にいるはずだ。

早足で向かいながら、何度か柚葉のスマホに電話をかけたが、電波が届かないか電源が入っていないというアナウンスしか流れない。

「なにがあった？」

狙われているのは亜矢のはずだ。

どうして、柚葉の身になにかが起きている？

この間のストーカーたちは、まだ警察に勾留《こうりゅう》されているという話で、簡単に外に出られない。

だから、今は無関係のはずだ。

考えているうちに、柚葉の家に辿《たど》り着く。

インターホンを鳴らすと、女性の声で応答がある。

「はい。どちらさまですか」

「柚葉さんのバイト先の、貝瀬探偵事務所の貝瀬歩といいます」

「あら。今、開けますね」

おっとりした調子で答えがあり、玄関のドアが開く。

出てきたのは、40代前半の細身の女性で、彼女が柚葉の母親だ。

柚葉の両親とは、ストーカー事件の解決後や柚葉をバイトに雇うと決めた後に会っている。

探偵事務所のアルバイトとなると、コンビニやスーパーでバイトするのとは違う。

怪しい仕事と思われてもおかしくない。それで説明のために柚葉の両親と話したのだが、拍子抜けするほどあっさりと了承を得られた、という経緯があった。

「貝瀬さん……でしたよね。どうかされましたか？」

柚葉の母親が、怪訝そうな顔できいてくる。

この様子だと、娘の身に何か起きた可能性があることは知らないらしい。

「柚葉さんは、今日はどちらにいらっしゃいますか?」

「朝早く出かけていったんです。用事があるといって」

「何時ごろですか?」

「たぶん、朝の7時過ぎぐらいだと思います。私もまだ起きていなくて。こんなに早く出かけるの? と柚葉に聞いたんです」

「柚葉さんはなんと?」

「ちょっと用事があるんだって。もしかして、あの子、バイトをすっぽかしたりしましたか?」

柚葉の母親が、眉《まゆ》を顰《ひそ》める。

突然、バイト先の責任者が家にやってきたら、そういう発想になるのが自然だろう。

「いえ、そうではないんです。柚葉さんが忘れ物をしていったので、直接渡そうかと思いまして」

まだ事件と決まったわけじゃない。

それに大事《おおごと》にして、騒がれると動きづらくなる。

「柚葉のものなら、お預かりしますよ」

「いやちょっと……」

「そうよね。柚葉にも親に見られたくないものもあるわけよね」

柚葉の母親は、勝手に納得してくれている。

「次のバイトのときに、直接柚葉さんにお渡しします」

ありがたくその話の流れに乗っておく。

歩は柚葉の家を辞して、次は沢口亜矢のアパートに向かうことにした。

朝早く出かけた、というのが気にかかる。

もしかして、1人でアパートに向かったのか？

柚葉の身になにかあったとして、貝瀬に連絡をしてきたのは、今の依頼と関わりがあるからと考えるのが自然だ。

特に予知について、なにかを伝えようとしていた。

アパートは日曜日の午前中ということもあってか、人の出入りも少ない。

それでもアパート全体に在宅している気配があるのは、日曜日だからだろう。

歩はまっすぐに亜矢の部屋を訪ねる。

「貝瀬さん。おはようございます。なにかご用ですか」

亜矢は眠そうな顔で、玄関に出てくる。

こちらも異常はなさそうだ。

「桐野が伺いませんでしたか？」

「桐野さんですか？　昨日、貝瀬さんと一緒のところをアパートの前でお会いしたきりですけど」

「そうですか……」

ここも空振りか。

「あの……」

考えこむ歩に、亜矢が遠慮がちに声をかけてくる。

「なにかありましたか？」

歩は顔を上げる。

「昨日の夜もきいたんです」

亜矢が隣の部屋を気にしたように見てから、小声で言う。

「きいたというと、お隣の？」

「はい。『バレたかもしれない』『やるしかない』って。怖くて貝瀬さんに連絡しようかと思っていたところなんです」

バレた？　やるしかない？　……まさか。

歩の頭の中で、一つの推理が急速に組み立てられる。

だとすると。

歩は隣の朽木の部屋に向かう。

インターホンを鳴らす。

突然の行動に、亜矢が驚いた顔で固まっている。

「朽木さん、いらっしゃいませんか！」

声をかけて、ドアをノックするが返事がない。

やはりいないか。

歩はさらに思考をめぐらす。

柚葉からかかってきた電話の内容は、「予知間違い」。

それだけを伝えれば、歩にわかると思ってその言葉を選んだんだろう。ずいぶん見込まれたものだ。

そして、亜矢が聞いた「バレたかもしれない」「やるしかない」という朽木亮河の言葉。なぜそんな言葉を亜矢が聞くことになったのか。

朽木の部屋の電気メーター。昨日朽木の行ったショッピングモール、釣り堀、スーパー。

沢口亜矢と桐野柚葉。２人の共通点。

それを考えれば……。

歩は走り出す。

息を弾《はず》ませながら、電話をかける。

相手は谷原源太《たにはらげんた》だ。

『おお、どうした？　桐野柚葉の件以来だな』

「これからいう住所のアパートの部屋を、見張っておいてほしい。物を移動させているようなら、尾行もつけてくれ」

『事件か？』

谷原が真剣な声色になる。

さすがベテランの探偵だ。呑《の》み込みが早い。

「俺の推測が当たっているならな」

『なら、事件だ。うちの手の空いているヤツを動かす。そっちの手助けはいるか？』

「大丈夫だ。もうつく」

歩はそう言って電話を切った。

歩はスマホをしまうと、目の前の釣り堀に視線を向ける。

昨日、朽木が来ていた釣り堀だ。

あの時も客が20人程度いたが、午前中の今は7、8人ぐらいの客しかいない。

受付をすませて、釣り竿は借りずにそのまま奥に進む。

昨日、朽木が一度だけ釣りの間にどこかに行っていた。

あのときはトイレだと思っていたが、もし違うとしたら。

釣りをする客の後ろを抜けて、釣り堀奥にある釣り道具の置かれた、プレハブ小屋のほうに向かう。

その裏手が朽木が向かった場所だ。

歩がプレハブの裏手に回ると、そこには「関係者以外立入禁止」と書かれた木製のボードが立てられている。

やはり昨日、朽木が向かった先にはトイレなんてなかった。

奥は日陰になっており、薄暗い中に建物がある。

「ちょっとお客さん。そっちはダメですよ」

釣り堀の店員が声をかけてくる。

歩はかまわずに、立入禁止と書かれたボードの先へと進む。

「お客さん！」

後ろから声がかかるのを無視して、建物の扉の前に立つ。

観音開《かんのんびら》きの大きな金属製の引き分けドアだ。

店員が小走りに向かってくるのが見える。

歩はドアの把手《とって》を握って、力をこめる。

重そうに見えたドアだが、意外にするりと開く。

室内は20畳程度の広さで、小さな電球があるだけでかなり暗い。

歩は室内を見回し、奥にイスに縛られた柚葉がいるのを見つける。

その近くには男が2人立っていた。1人は朽木だ。

「やっぱりか。桐野、こんなところでなにをしている」

「貝瀬さん……」

柚葉は泣きそうな顔をしている。

まぎれもない犯行現場だ。

それに「柚葉が視た予知」とも一致している。

「勝手に入ってきやがって！　なんだ、てめえは！　……いや、見たことあるなお前」

朽木が歩の顔を、ジロリと睨む。

人相の悪い朽木が睨むと、チンピラのような迫力がある。

「そうだ！　アパートの前をうろうろしていたやつだろ。やっぱりそうか。お前がこの女を使って、調べさせてたんだな」

まったく違うが、それを説明してやる義理もない。

「彼女を解放しろ。おまえたちのやっていることは、わかってる。大麻《たいま》の栽培だろ」

「なっ……どこで知った⁉」

朽木が目に見えて狼狽《うろた》える。

「おい、反応するな！」

もう1人の金髪の男が怒鳴る。

朽木の様子だと、まだ大麻のことまではバレていないと思っていたらしい。

金髪の男は、違うようだが。

「朽木の部屋は、不在中もやたらと電気を使っていたのがメーターでわかった。熱帯魚や爬虫類を飼っていれば温度管理が必要になり電気をたくさん使うだろう。だが、ショッピングモールでは観賞魚や爬虫類を扱う店に見向きもしていなかった。そういった生き物を飼っているなら、なにも買わなくても店ぐらいは覗いてもおかしくないだろう」

「ちっ、やっぱりつけてやがったのか!」

朽木が舌打ちしているが、歩は無視して続ける。

「それに隣人が『始末をする』『やれば金になる』『今さら手を引けるわけがない』という言葉を聞いている。このところ暑い日が続いている。しかも、アパートの中は人工的な光で熱くなる。窓も開けたくなるだろう」

「バカが!　窓を開けて電話してやがったのか」

金髪の男が怒鳴る。

「そんなんでバレると思わねえだろ」

朽木がいらだった顔で、歩を睨む。

「朽木、あんたは暴力事件を起こして示談ですませてるな。示談金をかなり払ったはずだ。羽振《はぶ》りは良さそうじゃないところをみると、借金をして払ったか。なら、金が欲しいのは当然だ。それを合わせて考えれば、比較的捌《さば》きやすく金になる大麻の栽培と密売に手を染めたのは想像がつく。大麻を室内で栽培となれば光の管理は必須で、電気も大量に使うからな」

アパートの室内で大麻を栽培していた事件は、過去にも何件もある。

その場合は温度管理や日光の代わりの照明のため、電気を非常に使う。

また光量管理のために、カーテンも年中閉め切ったままにする。1階の部屋ならそれも不自然には思われないだろう。

「よく回る口だな！　それでこいつと一緒に俺たちのこと調べてやがったのか」

朽木が顔を真っ赤にして怒鳴る。

「どうかな」

正解に近いが、それをわざわざ教えてやることもない。

「てめえ、何者だ！」

「ただの探偵だ。依頼があったからな」

「はあ？　依頼ってどこの組織だ」

朽木ともう1人の男が、動揺している。

大麻を専門に扱うような連中に雇われたと、思ったのかもしれない。

「さあな」

それなら、そう思わせておいたほうがいい。それにしても思いこみの激しい男だ。

「だが、ここに1人できたってことは、てめえを始末すれば話は終わるな！」

朽木が身を構えると、拳《こぶし》を振りかぶって殴りかかってくる。

そうなることは予想していた。

歩は後ろ手に持っていた警棒を構える。

朽木が目を見開くが遅い。

警棒を朽木の腕に振り下ろすと、そのまま腹に打ち付ける。

やりすぎると、過剰防衛になってしまう。加減には気をつける。

朽木はくの字に体を曲げて、床に崩れ落ちる。

「ぐぅ……くそっ」

朽木は腹を押さえて呻《うめ》いている。

「動くな！」

金髪の男が、柚葉の首元にナイフを当てている。

「人質か」

「そうだ！　動くな」

金髪の男はいかにも、ナイフの扱いに慣れていなさそうだ。

「人質になると思ってるのか」

歩は構わずに、柚葉のほうに向かって歩いていく。

「おい、人質がどうなってもいいのか！」

金髪男の怒鳴る声が震《ふる》えている。

ブンッ、と歩は警棒を片手で振る。

「そのナイフをこっちに向けないなら好都合だ。その間にお前にきつい一撃を入れられるな」

歩は笑いながら、歩く速度を緩めない。

「く、くそっ！」

金髪の男がナイフを柚葉から離して、歩に向けて突き出す。

「危ないっ！」

柚葉が悲鳴のような声を上げる。

歩は半身になると、冷静にナイフの軌道を見極めてから警棒で腕を叩《たた》く。

「いてっ！」

加減のない警棒での攻撃に、金髪の男がナイフを落として腕を抱える。

その隙に横っ腹に警棒を叩き込むと、男はそのまま床に倒れこむ。

「護身術と逮捕術は、嫌というほど叔父さんに教え込まれたからな」

警棒を使う方法は、刃物を持った相手と対峙《たいじ》するときに有効だ。

今回はそういう場合もあるだろうと、準備しておいてよかった。

歩は持ってきた結束バンドで、男たちを後ろ手に縛っておく。

それからイスに縛られていた柚葉の元に行き、縄を解いて解放する。

「貝瀬さん！」

柚葉はイスから解き放たれると、そのまま歩の腰に抱き付いてくる。

歩は扱いに困りつつも、仕方なく柚葉の頭を優しくなでる。

この間は殺されかけて今度は監禁されて、散々な目に合って心が折れてもしょうがない。

——と、思ったのだが。

「この人たち、その大麻栽培？　を移動させようとしてます！」

柚葉が、すぐさま顔を上げて言ってくる。

その目は泣いてなどおらず、しっかりと強い意志を宿《やど》している。

「それなら手を打ってある」

「え？」

歩のスマホの着信が鳴る。谷原からだ。

『歩か。アパートから移動させてたもんが、やばいものだったから警察に通報したぞ。よかったか？』

「助かる。大麻だろ？」

『そうだ。わかってたのか。そっちは大丈夫なんだな？』

谷原の声に心配が混じる。

「こっちにも警察をよこしてくれ。犯人一味を捕まえてある。場所は……」

場所を伝えて電話を切る。

「もう手を回してあったんですね！」

柚葉がキラキラした目で、歩を見てくる。

意外と神経図太いな。

さっき思ったことを心の中で撤回する。

パトカーのサイレンの音が聞こえる。

釣り堀のほうから、ざわめきが聞こえる。

「あの……これって一体」

歩を追ってきた店員が、途方に暮れた顔をしている。どうやらこの店員は仲間ではないらしい。

あとは、警察の仕事だ。

## 6

「ありがとうございました」

亜矢はお礼を言って、晴れやかな顔で事務所を出ていく。

事件から2日が経った。

結果的に、亜矢にとって悩みの種だった隣人の犯罪者疑惑は解決し、その隣人は警察に捕まり、こちらの仕事には満足いただけたらしい。

なんの不満も言わずに、調査料も払っていった。

あの金髪の男が釣り堀の経営者で、朽木とグルで大麻栽培と密売をしていたそうだ。

柚葉が監禁されていた倉庫にも、大麻が保管されていた。

朽木のアパート以外にもいくつかの場所で大麻栽培はされていたらしく、かなり大がかりな組織だったようだ。

まあ、そこは警察の仕事で歩には関係ないが。

事件は解決したからそれでいいが、言っておかないといけないこともある。

「桐野。なんで勝手にアパートに行った？」

「それは……予知が追加で視れないかと思って」

柚葉は気まずそうに答える。

「つまり追加で予知が視れないか、早朝からアパートに行った。アパートを調べているところを朽木亮河に見つかり拉致された、と」

「はい……」

「その前の夜に沢口さんが聞いた話の内容から推察すると、朽木は自分たちの大麻栽培がばれたかもしれない、と疑っていたらしいからな。タイミングが最悪だった」

「ごめんなさい……」

柚葉は肩を落としている。

「もう謝らなくていい。辛気《しんき》臭《くさ》い。警察にも親にも怒られた後なのは知っている。

それに予測できたことを、注意しなかった俺も悪い」

「予測できてたんですか?」

柚葉が驚いた顔で歩を見る。

「朽木が確かに怪しいってことはな。そこを探るつもりだった。その前にお前が拉致されたんだが」

「ごめ……」

柚葉がまた謝ろうとしたので、歩が睨むと口をつぐむ。

予知の内容は、亜矢が監禁されている、という話だった。

だが、実際は柚葉が拉致され監禁された。

なら、柚葉の予知は間違っていたのか。

そうじゃない。

歩は柚葉の予知を信じる、と思考における条件を設定した。

なら、最初に考えるべきは、柚葉が読み違えた可能性だ。

そもそも、そういうことが起きるのかわからなかったが、柚葉が予知を読み違えたなら、話はつながる。

そして、柚葉は言っていた。

亜矢と同じ洋服のブランドを自分も好きだと。

同じような服を着ていたとすれば、朽木たちに見間違えられた可能性はある。

「朽木たちは、沢口さんの顔も覚えていなかったんだろう。だが、あることがきっかけで警戒対象になったんだ。そして、沢口さんを拉致することを考えた」

「あること、ですか。拉致を考えるってよっぽどですよね。なにが理由なんですか？」

「それは俺のせいでもある」

「貝瀬さんのですか？」

柚葉が首を傾げる。

「アパートを調べるときに、朽木の部屋の前まで行ったんだ。その時はまさか部屋の中で大麻が栽培されているとは知らなかったからだが、不用意だった。悪事を働いている人間なら、玄関の前に防犯カメラをつけておくぐらいの対策はしていてもおかしくない」

例えば玄関のドアスコープを取り外して外側に向けてカメラを仕込んでおけば、よほど注意深く見ないと外からはわからない。

「じゃあ、貝瀬さんが探っていることに気づいていたんですか？」

柚葉の問いに歩は頷く。

実際、朽木は歩のことを覚えていた。すれ違ったことはあったが、それだけで歩の顔を覚えているなら、亜矢の顔だって覚えているはずだ。

すれ違う以外にも防犯カメラで歩の顔を確認していたなら、覚えていても不思議はない。

「そうでないと、栽培中の大麻と道具をアパートから移動させようとは考えなかったはずだ。だが、朽木たちには俺が何者かまではわからない」

「そうですよね。姿を見たからといって、どこの誰かわかるわけじゃないですし」

「そんな時、俺たちはアパートの前で沢口さんと会話を交わしただろう」

なりゆきとはいえ、あれが致命的だった。

「あっ！　そういえば。尾行の後ですよね。沢口さんが夕飯の買い物に行くって言っていて。もしかして、それを犯人たちが見ていて？」

「俺と仲間だと考えた。朽木たちからしたら、身元がわかる相手は沢口さんだけだからな。かなり乱暴な理屈だが、それだけ奴《やつ》らも焦っていたんだろう」

「そこに私が、アパートを見に行ったりしたから……」

「探られている、と確信を持ったのかもしれない。朽木たちが、沢口さんの容姿の確認に使ったのは写真だろう。それも隠し撮りをしたものだ。その写真の沢口さんと、同じブランドの洋服を着ていて背格好が一緒なら、桐野と見間違える可能性は高い」

「だから、私が誘拐されたんですね。いきなり後ろから口と目をふさがれて、抵抗する間もなくあっという間でした」

「偶然とはいえ、探りをいれていた桐野を拉致したところまでが、朽木たちが上《う》手《ま》くいった部分だな」

「そういう偶然は嬉しくありません。でも、相手の誤算は貝瀬さんがいたことですね」

柚葉はなぜか嬉しそうな顔をしている。

そんな呑気な顔をしていられるのも、助かったからだ。

朽木たちが先に柚葉を始末することを考えていれば、歩が駆けつけた時には柚葉は冷たくなっていた可能性はある。

抵抗せずに捕まったことで、朽木たちを刺激しないですんだのがよかったのかもしれない。しかしそれは結果論だ。ケガの危険があっても、抵抗したほうがよい場合もある。

「それにしても、よく電話ができたな」

柚葉からの電話がなければ、歩が気づくのはかなり遅れただろう。

それは救出が間に合わなかった可能性を高くする。

「今はこういうのがあるので」

柚葉が左手を上げて、時計を見せる。

「その時計は……なるほど。スマートウォッチか」

「はい。スマホと連係させて時計だけで通話ができるんです。縛られて移動させられてる時に、その機能を使って貝瀬さんに電話したんです。腕が前で縛られて助かりました」

「腕時計で電話ができることは、使っていないとピンと来ないからな。しかも、スマホを取り上げられていても、距離が近ければ連係は切れない。よく持っていたな。高校生が持つには、高価な品だろう」

「お父さんのお下がりです。新しいのに買い替えたときに、古いのをもらったんです」

スマホやウェアラブル端末は、早いと1、2年おきに新型が出てくる。

例えば2年で新しいものを買ったら、古いものはまだ十分使えるはずだ。

それなら、柚葉が高価なスマートウォッチを持っているのも納得できる。

「あの……気になってることがあるんですけど、聞いてもいいですか」

「なんだ？」

「倉庫の中で、私が人質になったのに構わずに進んできましたよね」

柚葉は言いながら、探るような目で歩を見る。

切り捨てられたのかと、考えているのかもしれない。

「もちろんブラフだ。朽木たちは俺たちの正体がわかっていなかった。大麻売買を気に食わない別の組織が雇った人間とでも思っていたみたいだな。だから、あいう強気な態度が通じると考えた。下手《したて》に出たところで、２人とも捕まって殺される」

「それでも私にナイフを突き立ててきたら、どうしたんですか？」

柚葉が真剣な眼差《まなざ》しで歩を見てくる。

「ケガをしたなら、いい医者を紹介したさ。傷跡がなるべく残らないように最善を尽くしただろうな」

それ以上に出来ることはない。

それに男はナイフを柚葉の首筋にくっつけていた。ナイフで一番怖いのは刺されることだ。

だが、あれだけ刃を密着させていると、できたとしても横にスライドさせて浅く切りつけること。刺そうとすると、ナイフを一度引く必要がある。

その動きをする間に、歩が男へ攻撃をすることが可能だと判断した。

そういう判断が冷たいと言われても仕方がない。

「危険な目にあって嫌になったら、いつでもバイトを辞めてもらってかまわない。危険な仕事なのは今回のことでわかっただろ」

歩は柚葉に言う。

探偵の仕事は安全なものではない。

命の危険が多いとまでは言わないが、ケガをしたり恨みを買ったりなどする確率は一般的な仕事よりははるかに高い。

「辞めません。今回は私が勝手に動いたのが悪いんです。……貝瀬さんが、私のことなんてもう面倒を見切れないというならしょうがないですけど」

柚葉は上目遣いで歩を見る。

歩が見捨てないとわかっていてやっているなら、相当なしたたかさだ。

だが柚葉の性格的に、本当に思ったことを口にしているだけだろう。

その真っすぐさは、歩には眩《まぶ》しく見える。

「そんなことは言ってない。それにしても予知の中とはいえ、自分のことを見間違えるか、ふつう」

歩は強引に話を変える。

「自分のことは鏡や写真でしか見られないから、暗い中だったりしたら見間違えたりもしますよ。服装も似てましたし」

1日の中で、自分の顔を見る機会は案外少ない。暗がりで、歩も自分の姿を見間違えない自信があるかといわれると微妙なところだ。

それに加えて、同じブランドが好きで服装も似ている。

予知は未来を見せてくれたとしても、それを読み取るのはあくまで視た柚葉だ。

そこに間違いは起こりえる、というわけだ。

予知について真面目《まじめ》に考えたことなんてなかったが、思ったよりも欠点が多いらしい。

「今度は、そのことも考慮するよ」

歩は言って、肩をすくめた。

# 第3話

# 少女の幽霊

# 1

騒がしい居酒屋の一席で、歩《あゆむ》は友人の坂倉豊《さかくらゆたか》と酒を飲んでいた。坂倉は大学時代に知り合った友人で、今は埼玉県警の捜査3課の刑事をしている。

強面《こわもて》でガタイがよく柔道の黒帯も持っており、警察官向きだとは大学の時から思っていたが、まさか本当に警察官になるとは歩は思わなかった。

そんな坂倉とは大学を卒業してからも、こうやって飲みに行く付き合いが続いている。

ここのところは忙しさもあって会えていなかったが、2カ月ぶりに坂倉から「飲みに行かないか」と誘われた。

歩も依頼を受けていなかったので、二つ返事で了承した。

「最近、女子高生のバイトを雇ったと聞いたが、大丈夫なのか？」

坂倉の野太い声は、騒がしい居酒屋の中も関係なく通る。

歩は焼き鳥をかじると、首を傾《かし》げる。

「なにが？」

「お前のところは1人だろ」

「まさか俺がいかがわしいことをする、とでも言いたいのか？」

男1人の事務所に女子高生のバイトを1人雇ったとなれば、訝《いぶか》し気な目を向けられるというのは歩もわかっているが、坂倉にそう思われるのは心外だ。

「お前がそんな奴《やつ》じゃないのは知ってるさ。しかし、1対1だと相手の女子高生が訴えれば、身の潔白を証明するのに苦労するだろ」

「冤罪《えんざい》をかけられたときの心配か。刑事は余計なことまで考えなきゃいけないから大変だな」

「茶化《ちゃか》すなよ」

坂倉の目が真剣なので、歩も真面目《まじめ》に答えることにする。

「あいつは真正直だ。そんなこと考えもしないだろう。それに、事務所内には防犯カメラと録音機は仕掛けてある」

「自分の事務所に盗聴器を仕掛けてあるのか？」

坂倉が驚いている。

「お前はバイトを気にしたが、元々こっちは依頼人と1対1になるんだ。そっちのほうの対策だよ。依頼人が悪意を持って、俺に被害を受けたと言わないとは限らないからな」

坂倉の言ったことは、1人で探偵事務所をやっていくと決めたときに対策済みだ。

叔父さんはそのあたりはルーズだったが、俺はそこまで人間を信用していない。

「それを聞いて安心したよ。用意周到なお前のことだから、抜かりないとは思っていたが」

まるで人間不信の会話だが、探偵と刑事という人を疑う職業病なだけだ。

たしかに、柚葉《ゆずは》をバイトに雇ったのは歩を知る人間からしたら、意外に感じたに違いない。

人手が足りないほど仕事はこないし、そもそもバイト程度にまかせる仕事なら歩がやる気を出してやったほうが早い。

だから、柚葉に予知という力がなければ雇うことは当然なかった。

しかし、それを坂倉に話すわけにもいかない。

いくら長い付き合いとはいえ、信じられることと信じられないことがある。

どうかしている、と思われるだけだろう。

歩が坂倉から同じ話を聞いたら、カウンセリングを勧める。

「そんな性格をしているから、本当はお前のほうが警察官……というか刑事になるんだと思ってたよ」

坂倉はビールのジョッキを豪快に飲み干しながら言う。相変わらず酒が強い。

「向くわけないだろ。柄じゃない」

「そうか？　大学の時、俺を助けてくれたじゃないか。あの時に貝瀬《かいせ》がいなかったら、俺はまったく別の人生を送っていた」

「大げさだな」

坂倉を助けたのなら、あの盗難事件のことだろう。

大学の柔道部に所属していた1年の坂倉が、部室にあった部員の財布の盗難事件の犯人と疑われたことがあった。

「誰もが俺を犯人だと決めつけて、助けようなんて動く奴はいなかったからな。絶望したよ」

「たまたま柔道部で盗難事件が起きたという話を聞いたから、興味本位で調べただけだ。どう考えても、容疑者とされていた坂倉が犯人だとは思えなかったからな」

その時は、まだ歩は坂倉と知り合っていなかった。柔道部の期待の新人として名前ぐらいは聞いたかもしれない、といった程度だ。坂倉からしたら、学部も違う接点のない歩のことなど知りようがなかっただろう。

「刑事になった今考えれば、無茶苦茶な理由で犯人にされていたんだ。最後に部室に来て着替えていたのが俺だった、というだけだからな。当時の俺はそれにまともに反論することすら、出来なかった。不甲斐《ふがい》ない」

坂倉はため息をつく。

刑事となって経験を積んだ坂倉からしたら、馬鹿げた捜査と理屈としか思えないだろう。

だが、ただの大学生でしかなかった坂倉は、いきなり犯人はお前だと言われて、冷静な反論が出来なかった。

「当事者じゃなかったからな。外から見たらおかしな理屈なのは一目瞭然《いちもくりょうぜん》だ。だから、部室への出入りを客観的に把握するために、目撃証言を集めた。俺がしたのはそれだけだ」

「普通の奴なら、そんなことは出来ないさ。部室の入口の出入りだけでなく、部室のある廊下の目撃証言と、建物からの出入りも防犯カメラで確認した。その結果、建物に入った映像は残っているのに、出て来たところは確認できない人間を見つけ出した。今だからわかるが、それは警察がやるような捜査だぞ」

「そんな大層なもんじゃない。調べられる方法があるのに、調べないのは気持ちが悪いだろ。犯行だって単純だ。人に見られないように部室に入って、財布を盗んで窓から逃げたというだけのことだ。元柔道部員で窓の一部のセキュリティシステムが壊れているのを知っていた、だったか」

結果として、坂倉の無実は証明され真犯人は捕まった。

坂倉から何度もお礼を言われ、いつの間にか遊びに行ったり飲み食いに行ったりするようになっていた。歩と坂倉の腐れ縁はそれからだ。

「そんなことを思いつく人間は、刑事になるもんだと思っていたんだけどな」

よっぽど坂倉は、歩を刑事にさせたかったらしい。

歩から言わせれば、真っすぐで正義感の強い坂倉のほうが刑事に向いていると思う。歩にはそういう部分が足りない。

坂倉を助けた時も、最初に関わったのは面白そうだと思ったからだ。そういう人間は刑事には向いていないだろう。

「それはもういい。俺は探偵、お前は刑事。なるようにしてなったんだ」

歩の言葉に坂倉は不服そうに鼻を鳴らしたが、それ以上言葉を重ねることはしなかった。

「しかし、そういう割には最近は目立っているみたいじゃないか」

坂倉がビールのジョッキを傾けながら、歩を見る目を細める。

急に話が変わるな、と歩は思ったが最初からこれが本題かと気づく。

ここのところ、最終的に警察に委ねる事件を2つも立て続けに解決した。ろくに仕事をしていなかった探偵の歩が、突然2つの事件の解決に関わっていたら、それは不審にも思われるだろう。

だが、1つはストーカー事件でもう1つは大麻《たいま》栽培、密売事件。関係性は薄い。歩が事件を起こしている、と疑うのはさすがに無理がある。となると、単純に歩のことが目ざわりと思われたか。

「釘《くぎ》を刺しに来たのか？」

飲みに誘われたのは、それが理由か。

「刑事の中には、いい顔をしてない奴がいるのは確かだな。探偵が事件を解決するなんてのは、ドラマか小説の世界の話だ」

「たまたまだ。依頼人の問題を解決したら、それが刑事事件だった」

「そうだろうさ。お前は前から変わった依頼ばかり受けているからな。だが事実はどうあれ快く思わない人間はいる」

「どうしろっていうんだ」

探偵は探偵らしく調査だけしていろ、というんだろうが性分的にそれは合わない。

「適当に俺を頼れ。俺が関われば、目は貝瀬じゃなく俺に向く」

「なんだ。自分の手柄《てがら》にしたいのか」

歩は笑って言う。

「そうだ。出世したいからな」

坂倉も軽く受け流す。

もちろん、そんなことじゃないだろう。

真面目過ぎるところがあるこの友人は、歩が警察に目をつけられるのを危惧《きぐ》しているだけだ。

確かに刑事である坂倉が間に入れば、そういった無用な摩擦は避けられる。

見かけによらず気遣いをするタイプなのは、大学時代から相変わらずだな。

「なら、今日は坂倉のおごりだな。手柄を与えてやるんだから」

「どうしてそうなる。当然、割り勘だ」

貸し借りなど存在しない。

坂倉は言外にそう言っている。

この場合、借りているのは歩だ。

こういうところが、いまだに坂倉と友人を続けている理由なのだろう、と自分のことながら歩は思った。

## 2

目が覚めると同時に、窓の外から雨音が聞こえた。

歩は欠伸《あくび》を噛《か》み殺しながらベッドから起き上がると、カーテンを開ける。

真夜中から降り出した雨は、午後になってもまだしとしとと降り続いていた。

歩の自宅は、事務所から徒歩10分ほどのところにある１ＬＤＫのマンションだ。

といっても事務所に泊まることも多く、私物の多くも事務所に置いてある。どっちが自宅かわからないような状態になっている。

それでも事務所に住むと、賃貸契約に違反してしまうことになる。それを避けるためにマンションを借りていた。

昨日は数日ぶりに、その自宅のマンションで寝た。

歩はキッチンに向かうと、冷蔵庫を開ける。

ろくなものが入っていないが、10秒で食事が取れるのを売りにしているゼリー飲料を見つけて口にする。

一人暮らしも長いので料理も出来なくはないが、食材を余らせるのが勿体《もったい》なくて最近ではしていない。

歩はシャワーを浴びてリビングに戻る。

Tシャツに着替えつつ、壁際の棚の上にある写真立てが目に入る。

叔父の泰三《たいぞう》と中学の制服姿の歩、それにスーツを着て緊張した顔の谷原《たにはら》が写っている。

写真があまり好きではなく、まともに残っている泰三と歩の写真はこれぐらいしかない。

この頃の谷原は、自分の探偵事務所を立ち上げたばかりだった。探偵は谷原だけで、後は手伝いのバイトを雇っていたという今の歩とよく似た状態だった。

もともとは他の探偵事務所にいた谷原は、この頃の泰三に背中を押されて独立した。

谷原に聞いた話だと、他の事務所で探偵として働いていた時に犯罪グループに捕まったことがあったそうだ。

命の危険が迫る中で、谷原を雇っていた探偵事務所は助けには動かなかった。

それはそうだろう。まともな探偵には、犯罪グループと戦うなんていう選択肢はない。

見捨てたわけではなく、当然の判断をしたまでだ。警察に通報し、後はまかせたらしい。

しかし、それだと谷原の命が助かるかどうかは微妙だった。

その時、単独で谷原を助けに動いたのが叔父の泰三だった。

それ以前は、谷原と泰三は特別親しいわけでもなく、仕事の関係で協力し合うことがあった程度だったそうだ。

それを泰三は、谷原が危険だと聞きためらわず犯罪グループから助け出すために動いた。

その当時、歩はただの中学生でしかなく、全て後から谷原に聞いた話だ。無事に谷原は助け出され、犯罪グループは逮捕された。

それから谷原は独立して探偵事務所を立ち上げ、泰三を慕うようになった。

歩が谷原を知ったのは、その頃だ。

泰三がそんな危険な救出作戦を決行したと聞いても、歩は「叔父らしいな」としか思わなかった。

歩からしたら泰三は、お人好《ひとよ》しが服を着て歩いているような人間にしか見えなかった。

両親を亡くした歩を引き取ったこともそうだ。

叔父だからといって、泰三が歩を引き取らなくてはいけない理由はない。ましてや独身の男一人だ。

だからだろうか。いつまで経《た》っても、叔父にはかなわないと歩は思っている。

「叔父さんの背中は遠いな」

歩は誰にともなく言って、Tシャツの上にジャケットを羽織るとマンションを出た。

傘を差して事務所に向かう。

10分ほど歩き、貝瀬探偵事務所の入っているビルの近くまで来たところで、歩は目を細めた。

「ん？」

ビルの前に、女性が傘を差して立っていた。

柚葉より2、3歳は年上に見える。服装はカジュアルで、平日の昼間であることを考えると大学生かフリーターだろうか。

思いつめた顔で、傘を握りしめて少し先の地面を見つめている。

雨宿りではないだろう。それなら傘を持っている意味がわからない。

そして一番の問題は、女性が立っている場所が事務所に上がる階段の前だということだ。

そこに立たれていると事務所に入れない。

「すみません。そこの階段を上がりたいので、空けてもらえますか？」

歩が女性に声をかける。

「は、はい。申し訳ありません」

女性はすぐに顔を上げて、階段の前から横に動く。

歩はそのまま階段を登ろうとするが、後ろから声がかかる。

「あの……もしかして、探偵事務所の方ですか」

女性が声をかけてくる。

まあ、そんな気はしていた。

探偵事務所の前で思いつめた顔をしていて、それが依頼人でないことはあまりない。

「そうですが」

女性はためらってから、心を決めたらしく顔を上げる。

「依頼を……したいんです」

今にも倒れそうな青白い顔をしている。

よっぽどのことなんだろう。

「まずは、お話を伺います。どうぞ中へ」

歩は階段の上の事務所を示す。

「ありがとうございます」

女性はほっとした顔で、歩のあとに続いて階段を登ってくる。

ドアを開けると、なぜかエプロン姿の柚葉がいて掃除をしている。

「貝瀬さん、おはようございます！」

今日も柚葉は無駄に元気がいい。

「……なにをしている？」

「掃除ですけど」

「鍵はどうした？」

「なに言ってるんですか？　この間、事務所にいるのに貝瀬さんがなかなか開けてくれないから、スペアの鍵を渡してくれたじゃないですか」

思い出した。

そういえば、坂倉と飲んだ次の日、二日酔いで事務所で寝ているときに柚葉がきて、うるさいから事務所の鍵を渡したんだった。

「えと……取り込み中でしょうか」

後ろにいた女性が、不安げに聞いてくる。

「すみません。バイトの人間が先に来て掃除をしているのを失念していたもので。問題ありません。入ってください。桐野《とうの》、依頼人だ」

「は、はい！　お茶の準備をしてきますね」

柚葉が掃除機を片づけ、キッチンに向かう。

それを見て歩は、女性にソファを勧める。

「失礼します」

「まずは、お名前をきいてもよろしいですか？」

歩はさっそく切り出す。

飛び込みの依頼なので、目の前の女性の情報が全くない。

探偵事務所の前で悩んで立っているぐらいなのだから、それなりの事情があるはずだ。

だからといって、歩が依頼を受けるとは限らないが。

「田所聡美《たどころさとみ》といいます。大学2年生です」

20歳ぐらいか。歩の年齢の見立ては、間違っていなかったようだ。

「それでなにかお悩みのことがあるんですよね。あんなところで、ぼんやりと立っていらしたのもそれが理由ですか」

「はい……。最近、友人の姿を見たんです」

「ご友人？　それがなにか」

歩は怪訝《けげん》な顔になる。

普通に考えて、友人を見たことに問題はないだろう。

「見るはずないんです！」

突然、聡美が声を荒げる。

「田所さん、落ち着いて下さい」

歩が声をかけるが、届いている様子がない。

さっきまでの思い詰めたような表情から一変して、かなり興奮している。

聡美は呼吸も荒く両手で顔を覆《おお》い、自分の膝の上に伏せるような格好になる。

そんな状態のまま、聡美が絞り出すように言った。

「もういないんです。……死んだんです、澪《みお》は」

## 3

「澪さんという方が、田所さんのご友人なんですね」

「はい……月野《つきの》澪が友人の名前です」

歩が確認すると、聡美がうなだれたまま答える。

「……すみません、声を荒げてしまって。最近眠れなくて」

聡美は落ち着いてきたのか、歩に謝る。

「いえ、大丈夫ですよ」

歩は営業スマイルを浮かべる。

予知の次は幽霊か。

歩は内心で苦笑する。

実のところ、探偵事務所にはそういったオカルトな依頼がこないわけじゃない。心霊現象が起きるから調べてほしいとか、知らない声が部屋で聞こえて怖いから原因を突き止めてほしいとか。

そういった依頼をするために、探偵事務所を訪れる人がいる。物語には心霊探偵というジャンルがあるが、それを想像して来るのかもしれない。

だがこの手の依頼を引き受ける探偵は、あまり多くない。

調査をした結果を、依頼人が納得してくれないことが多いからだ。

探偵ができる範囲で調査を行い、その結果なにもなかったと伝えたところで、依頼人が知りたいのは心霊現象の正体なのだ。

初めから頼むところを間違えている。それがわかるから、引き受ける探偵は少ない。

どこの探偵事務所も、依頼人とのトラブルで時間をとられたくはないのは当然だろう。

「月野さんはどういう風に亡くなられたのか、伺ってもよろしいですか？」

「……交通事故です。ひき逃げにあったんです」

聡美が答えた直後、ガシャンとなにかが割れた音がキッチンでする。

「桐野、大丈夫か？」

歩がキッチンにいる柚葉に声をかける。

「だ、大丈夫です！」

あわてたような様子で、柚葉から返事がくる。

歩は少しばかり気にかかったが、今は目の前の依頼人だ。

「交通事故で亡くなられた月野澪さんを、見かけたんですね。どちらでですか？」

あえて亡くなった人間の正体には触れずに、別の情報を先に確認する。

「この間、駅から帰る途中で信号待ちをしていたら、反対側の信号に澪が立っていたんです」

「信号だとそれなりに距離があると思いますが、月野さんだとわかったんですか？」

「わかりますよ！　だって中学からずっと友達だったんだから。それが2年前に高校3年のときに亡くなって……。こっちを見ていた顔も澪でした」

　聡美は涙をこぼしながら言う。

　なにかしら未練があるから、よく似た人を友人だと思いこんだ、という可能性が高そうではある。

　ただ2年も経ってというのは気にかかるが。

「その後、月野さんに声をかけたりしなかったんですか」

「気がついたら、姿が見えなくなってました」

「そうですか」

　相手が姿を消したのか、最初から澪に似た人間すらいなかったのか。

「月野さんが亡くなったとき、ショックを受けられたと思います。カウンセリングなどはお受けになりましたか？」

「はい……澪が事故にあったとき、私も一緒にいたんです。目の前で事故にあったから、今だって目に焼き付いて忘れることなんてできないですよ！」

「そうでしたか。お話しされたくないことを聞いてしまいました。申し訳ありません」

それなら心に傷を負うには十分だし、2年という時間でも癒《いや》せないのは理解できる。

それが聡美に、似た背格好の人物を澪だと思わせた。

理屈としては納得がいくものの、気になることもある。

「今まで澪さんの姿を見かけたことはあったのですか？」

「ないです……。亡くなってまもなくは、澪の姿を街中に探していました。もしかしたら、どこかにいるんじゃないかって。でも、そんなことはなくて……。だから、澪の死を受け入れていたんです。なのに……」

やはり変だ。

話を聞く限りだと、聡美の心は負った傷から回復してきていた。

それなのに、突然ここまで動揺するほどの見間違いを起こすだろうか。

たとえ見間違えたとしても、それが見間違えだったと理解する程度には回復していたようにも思える。

聡美が見たという人が、よほど月野澪に似ていたのか。

2年も会っていなければ記憶は薄れる。ただ、本人を見た瞬間に記憶は呼び起こされる。

中学、高校の同窓会に行って、自然と顔が一致したりする。久しぶりに会った相手でも、案外覚えていたりするのはそういう人の記憶のシステムのおかげだ。聡美にも、そういったことが起きたのかもしれない。

月野澪本人に違いない。そんな風に聡美の記憶を呼び起こす存在が道の向こう側に立っていた。

本来、これは聡美にカウンセリングを受けてもらうべきで、探偵の出る幕じゃない。

……そのはずだが。

なにか引っかかる。

調べるべきことがあるんじゃないかと、歩の勘が告げている。

自分でもなにが引っかかるのかはわからない。

『仕事を受けるかどうか悩んだときは、自分の勘を信じろ。それで失敗して後悔するのは、どうせおまえだけだ』

叔父さんがそう言っていたっけな。

ここでもし、調査でなにもなかったとしても、歩が無益な調査をしただけになる。

そのあと聡美に、ちゃんとカウンセリングを受けてもらえばいい。

「わかりました。ただ、話が話ですから、仮調査という形にさせてください」

「正式には受けていただけないんですか？」

聡美は不安げな目で歩を見る。

「いえ。なにぶん今回のようなケースですと、調査をするにも手探りですので、田所さんが納得される調査ができないかもしれません。それで仮調査という形にさせていただきたいのです」

「……わかりました」

聡美が了承する。

ここでごねられるようなら、歩は断るつもりだった。

さすがに正式な依頼としては引き受けられない。

聡美に、月野澪の写真や連絡先といった必要な情報を提供してもらう。

スマホの画面に写る聡美と澪は、高校の制服姿で仲が良さそうに笑っていた。

「それでは明日から調査に入ります」

「よろしくお願いします」

聡美は深々とお辞儀をしてから、帰って行った。

そこでふと歩は気づく。

結局、柚葉がキッチンから出てこなかった。

飲みものを用意しに行ったのに、キッチンから出てこないのはおかしい。

いまさらそのことに気づいて、歩がキッチンに向かうと、柚葉がうずくまっていた。

「どうしたんだ？」

歩がかけよると、柚葉は真っ青な顔をしていた。

うずくまったままキッチンで動けなくなっていた柚葉を、歩は抱きかかえてソファまで連れていって寝かせた。

「す、すみません……」

柚葉がソファから体を起こそうとするので、歩が手で制する。

「無理に起きなくていい。予知を視たのか？」

「いいえ、違うんです。ちょっとひどい眩暈《めまい》がきちゃって……立っていると吐き気がしたので」

「それでうずくまっていた、か。体調が悪いなら、事務所に来る必要はなかったんだ」

体の不調を押してまで来ることはない。

「体調が悪かったわけじゃないんです。1年前のことを思い出してしまって」

柚葉が体を起こす。

「1年前？」

「……はい。私も1年前に、ひき逃げにあったんです」

柚葉が答えながら、苦しげに顔をしかめる。

「きついなら話さなくてもいい」

「いえ。貝瀬さんには聞いてもらいたいんです。私の予知能力にも関わることなので」

「予知に？」

歩は訝しげに聞き返す。

「私は中学3年生で、友達と遊びに出かけた帰り道でした。友達と別れて1人で歩いていると、急に頭痛がしたんです。それでふらっと車道に出てしまって、気づいたときには目の前に車がきていて、轢《ひ》かれたんです」

「ひき逃げと言ったな。轢いた車はそのまま逃げたのか。犯人は？」

「捕まっていません」

柚葉は首を横に振る。

「今は元気そうではあるが、ケガの具合はどうだったんだ？」

「近くで目撃していた人が救急車を呼んでくれて、私はすぐに病院に運ばれました。外傷はひどくなかったのですが、頭を打っていて丸1日昏睡《こんすい》状態だったそうです」

さっき柚葉は予知能力にも関わる、と言っていた。

「まさかそれが原因で、予知能力が使えるようになったと言いたいのか？」

「因果関係はわかりません。2週間ほどして退院してからです。急な頭痛のあとに、変な映像を見るようになりました。最初はそれがなんなのかわからなかったんです。夢を見ていたのかな、って思って。白昼夢って言いますよね。そんな感じで目の前とは違うものが、見えてしまっているんだ。もしかしたら、事故の後遺症かもしれないな。治るといいな。そんな軽い気持ちでいたんです」

「ところが、違うことに気づいたわけか」

話が見えてきた。

「そうです。私が見た光景が次々と現実で起きていきました。友人がケガをしたり、私が道で転んだり。母が仕事で難癖をつけられる、なんていうものもありました。私は母の仕事場に行ったこともないのに」

「そして、自分が刺されるところを視るようになった」

「はい。死んでしまうようなケガの予知は初めてでした。だから、これは死の予知なんだと思いました。ただ、どこか自分のことでよかった、とも思っていたんです。もしだれか身近な人の死だったら、耐えられなかったから」

「自分の死だって、耐えられるものじゃない」

「そうですね……怖かったです」

柚葉は泣き笑いの顔をする。

歩のところに来るまで、よく精神を保《たも》っていられた。

なにも行動を起こせずに、家に閉じこもっていてもおかしくない。

そうだとすれば、柚葉が視た予知通りになった上で命を落としていたかもしれない。

柚葉が刺されたときも、結果的に予知は覆《くつがえ》ったわけではない。

予知は柚葉が刺されるところで終わっていて、その後の状態はわからなかった。

だから、ナイフで刺されて死んでしまうのか、ナイフで刺されて生きているのか。

その分岐を作ることができた。

大麻栽培の犯人による拉致監禁事件も同じだ。

拉致そのものを防ぐことはできなかった。ただ、予知を知っているから、その後の対応が間に合っただけだ。

これが柚葉が血だまりに倒れこむ予知であったなら、助けられなかったかもしれない。

「なるほどな。さっきの田所さんが話した、月野澪さんのひき逃げ事件の話がきっかけか」

自分のひき逃げ事件を思い出す呼び水になったのだろう。

トラウマがフラッシュバックしたわけだ。

「はい。聞いていたら、当時のことを思い出してしまって……」

「貧血を起こしたんだろうな。カウンセリングは受けているのか？」

「1カ月に1回受けてます。自分では大丈夫なつもりだったんですけどね」

「人の心は傷口が見えないだけに、誰も治っているなんて診断は下せないんだ。

焦る必要はない」

「貝瀬さんが言うと、不思議と説得力がありますね」

柚葉が口元を緩《ゆる》めて笑う。

顔色も少しよくなってきた。

「事実を言っただけだ。しかし、それなら今回の依頼には桐野は関わらないほうがいいな」

「いえ！　お手伝いをさせてください」

「だが……」

柚葉は、今もソファの背に体を預けて苦しそうだ。

「ひき逃げの話を聞くたびに、こんなふうになってるのは嫌なんです。それにここでなら、貝瀬さんがいますし。……もちろん、仕事はちゃんとします。リハビリに使おうとか思っているわけじゃ」

「わかってる。なにかのきっかけになるのなら、それもいいかもしれない。だが、体調が悪化するようなら調査からは手を引いてもらう。いいな？」

歩は条件を出し、念を押す。

「はい！　ありがとうございます」

柚葉は、うれしそうに首を小さく曲げておじぎする。

そのあと、顔色がもどるまで休んでから、柚葉はバッグを持って立ち上がった。歩は送ると言ったが、「もうすっかり回復しましたから」と言って、元気に帰っていった。

あの様子なら、倒れるようなことはないだろうと判断して送り出した。

「ひき逃げが原因で予知能力か」

柚葉の話を聞く限りでは、関係がないわけではないだろう。

時期が合致しすぎだ。

予知能力が体のどこに由来するか。普通に考えれば頭——つまり脳だろう。ひき逃げ事件で頭を打ったことが原因というのが一番考えやすい。

だがそれなら、世の中にもっと予知能力者がいてもいいはずだ。

交通事故は日本だけでも年間で約30万件。事故にあってケガをした人は約36万人いる。その中で軽傷者は30万人以上で、重傷者は3万人ほど。

頭とは全く関係ないケガもあるとはいえ、毎年これだけの人間が交通事故にあっているのなら、予知能力を発現する人間もいたはずだし、一定数いるとなれば研究もされるだろう。

だが、そうなってはいない。
考えられるのは、周りにその力を信じる人間がおらず、予知能力を発現しても
ひた隠しにして生きていることだ。
これは十分にあり得る。歩がそうしたように、知り合いから予知能力があると
言われたら、まず紹介するのは心療内科《しんりょうないか》やカウンセリングだろう。そうなれば、
その能力は日の目をみることはなくなる。
もう1つの可能性は、柚葉に素養があった場合だ。ひき逃げ事件はきっかけに
過ぎず、元々柚葉は予知能力の因子のようなものを持っていた。
柚葉はさっき気になることも言っていた。頭痛がして車道に出てしまった、と。
予知を視るときも頭痛がするという。気になる共通点ではある。
「考えても無駄か。俺は超能力研究者でもなんでもないからな」
わかるのは柚葉の予知は信頼に足る情報である、ということ。
そして歩にとってはそれがわかれば十分だ。
「今は依頼の件だな」
柚葉のことも気になるが、今は聡美の依頼をどうにかしないといけない。
聡美が見たのはなんなのか。

予知を信じたからといって、幽霊を信じるというわけではない。

ただの見間違いか。本物の幽霊か。それとも……。

納得のいく答えが出せるといいが。

歩は考えて、ため息をついた。

## 4

車道を速度を上げたトラックが走っていく。

ここは、月野澪が事故にあったという現場だ。

柚葉も行きたいと言ったので、学校が終わった後、夕方にやってきた。

2車線の国道で時間帯のせいもあるだろうが交通量が多く、直線なので速度を出している車が多い。

歩道はしっかりあり、縁石《えんせき》で区切られている。

「ここが事故現場なんですね」

柚葉が呟《つぶや》く。

歩は柚葉の様子を伺う。

少しナーバスにも見えるが、ひき逃げの事故現場となればそれは仕方がないだろう。眩暈や具合の悪そうなところは見えないので、とりあえずは大丈夫そうだ。

歩は国道に目を向ける。

思っていたより事故が起きやすい場所に見えた。

ここで歩道から車道に出たのだとすれば、道路を横切ろうと思ったのかもしれない。

このあたりは、横断歩道も陸橋も近くにない。かなりの大回りをしないと安全には渡れない。

そういった道路では、歩行者が時短のために渡ろうとする行為が起きやすくもなる。

月野澪もそうした1人だったのかもしれない。

「なにも残ってないですね……」

柚葉が寂しそうに言って、持ってきた花束を歩道の端に供える。

事故の調査もひき逃げの捜査も終わっていて、事故があったと思えるのは『スピード出しすぎ注意』『交通事故多発』などの看板が立っていることぐらいか。

それも取り立てて、この場で死亡事故があったことを知らせるものではない。

歩と柚葉は、献花の前にしゃがんで手を合わせて拝《おが》む。

「2年も経っていればわからないのも当然だろう。ひき逃げした犯人が捕まっていなければ、いまだに警察の捜査も続いて、目撃情報を募る看板が立っていたりしただろうが、すぐに捕まったからな」

月野澪をひき逃げした犯人は、すでに逮捕されている。

目撃情報や対向車線を走っていた車のドライブレコーダーが証拠となり、翌日には逮捕に至ったらしい。

最近では防犯カメラやドライブレコーダーが普及し、交通事故やひき逃げの証拠は集まりやすくなった。

そのこともあって事故後に逃走しても、後日警察から連絡があり逮捕されるケースが多い。

「ひき逃げした人が捕まったのはいいことですけど、澪さんが忘れられてしまったみたいで寂しいです」

柚葉は花束を見つめて、複雑な表情をしている。

「いつまでも覚えているほうが、辛《つら》いこともある」

忘却は人が自分の精神を守るための防衛システムでもあると、歩は思っている。

歩自身、叔父が亡くなったときの気持ちを、変わらずずっと持ち続けていたら、精神的にかなりきつかったと思う。

思い出に風化することで、自然と受け入れられるように、人の心はできていると感じることがある。

科学や医学で、どう解き明かされているのかは知らないが、歩は勝手にそう思っている。

「手がかりは、なにもなさそうですね」

「事故現場に変わりがない、というのも手がかりのひとつだ」

「そうなんですか？」

「事故現場が荒れていたり変化があれば、それは田所さんが見たものの正体に足がついている可能性が高まる。幽霊の行動基準はわからないが、人であれば事故現場になにか痕跡を残して怖がらせようといった悪意が感じ取れる」

「なるほど。そういうのがあったら、人の仕業っぽいですもんね。……でもそうしたら、ここに変化がないっていうことは、聡美さんが見たのは幽霊⁉」

柚葉が両手で口元を押さえて、周りを見回している。

「結論を急ぐな。まだ1つの現場を確認しただけだ」

「そうですよね。幽霊がいるわけないですよね」

柚葉は息をついている。

「なんだ。予知は視るのに幽霊は信じていないのか？」

自分で望んだものではないとはいえ、予知という能力を持っていながら幽霊は信じていないのは意外だ。

「……だって、怖いじゃないですか」

柚葉は視線をそらして言う。

そういうことか。

「今度、とびきり怖いと話題のホラーハウスに連れて行ってやる」

「なんでですか！」

歩の軽口に柚葉が怒鳴《どな》る。

最初はナーバスに見えた柚葉も、だいぶ調子がもどったようだ。

さて。

次の調査場所に向かおうか。

事故現場から20分ほど歩いた場所にある、住宅街の一軒家。

澪が亡くなった後も、月野家はそこに住み続けている。

あらかじめアポイントメントはとってあった。

ただし、探偵ではなくフリー記者という肩書にしてあった。

死んだ娘のことを探偵に調査されていると聞いて、喜ぶ家族はほとんどいない。

それよりも、交通事故防止の啓発記事のために遺族に取材している、としたほうが話を聞ける可能性が高い。

それに副業で記者をすることもあるので、まるっきり嘘《うそ》でもない。

残念ながら啓発記事を書く予定はないが。

インターホンを鳴らし、約束をしていた記者の貝瀬だと名乗る。柚葉はアシスタントということにしてある。

「突然の申し出をご快諾いただいてありがとうございます」

出迎えてくれたのは、40代ぐらいの細身の女性と、ショートボブの快活な雰囲気のある高校生ぐらいの少女だった。

事前に調べた月野家の家族構成からすると、澪の母親の君江《きみえ》と妹の真琴《まこと》だろう。

父親は仕事で不在だと聞いている。

「澪のことを話す機会は、最近はあまりなかったのでうれしいですよ」

事故から2年経っていることもあってか、母親は落ち着いている様子に見える。

「アシスタントさん、若いんですね。私とあまり変わらないように見えますよ」

真琴が柚葉を見て、大げさに驚いた表情をして見せる。

実際、真琴のほうが柚葉より2つ年上だ。

柚葉には、話し方と振る舞いには気をつけるように釘を刺してある。

黙っていれば、案外大人びて見えるから誤魔化《ごまか》せるだろう。

「こちらが澪のアルバムになります」

リビングに案内されると、君江がアルバムを持ってくる。

歩と柚葉は君江たちと向かい合わせにソファに座り、アルバムを見せてもらう。

澪の写真は笑っているものが多い。

写真を撮るときは、大体は笑うだろうから、それも当然ではある。

ただ、大口を開けているものはなく、はにかむように笑う少女だったようだ。

写真で見る雰囲気だけであれば、大人しそうな女の子に見える。

「いくつか質問をさせてください。澪さんはどんな方でしたか？」

歩はアルバムから顔を上げ、君江と真琴を見る。

「大人しい子でした。親の言うこともよくきくし、反抗期らしい反抗期もなかったぐらいで。妹の真琴とは対照的な性格でしたね」

「あたしはお姉ちゃんみたいに静かにしてるのが、苦手だから」

そう言って、妹の真琴は苦笑する。

真琴からは、快活そうな雰囲気が伝わってくる。その印象通りの性格らしい。

「真琴さんは、お姉さんといくつはなれているんですか？」

「2つです。だから、ちょうど今あたしがお姉ちゃんが亡くなった年齢になったんです」

その言葉に、母親が感慨深そうに真琴を見ている。

君江の表情や瞳には、歪《ゆが》んだ感情は見受けられない。

子供を交通事故で亡くした家庭は、時に壊れてしまうこともある。

そのとばっちりを受けるのは、主に姉妹や兄弟だ。

だが君江から受ける印象は、真琴に対しても変わらずに愛情を注いでいる母親といったものだ。

「真琴さんから見て、どんなお姉さんでした？　優しいとか怒ると怖いとか」

「優しかったです。怒られたことはあるけど、その理由はあたしが悪いことをしたからで。お母さんのスマホを落として画面を割っちゃったときも、一緒に謝ってくれたりしました。尊敬できるお姉ちゃんなんです。だから……」

「だから？」

真琴が言葉に詰まったので、先を促してみる。

「いえ……なんでもないです」

真琴は首を振る。

「大人しい方だったようですが、お友達と外に出かけられることはあったんですか？」

「ありましたよ。中学、高校と一緒の聡美ちゃんという子がいて、買い物だったり遊びに行ったりしていました」

君江が答える。

呼び方から察するに、田所聡美は事故前から家族も知っている友人だったようだ。

中学も一緒ということは、この年代の少女からすれば、かなり付き合いは長い。

「お姉ちゃん、聡美さんと出かけるときは、とても楽しみにしてました。あたしも一緒に遊んだりしましたよ」

妹の真琴も聡美とは、面識があるのか。

「澪さんと聡美さんは、中学から5年間以上の付き合いだったんですね。それは仲がいいのもわかります」

「そうなんです。ただ、そんな聡美ちゃんが娘の……澪の事故現場を見ることになってしまったのは、申し訳なくて。しばらく、つらい思いをしていたみたいですから」

聡美が、事故現場を見た後に受けていたカウンセリングのことだろう。

仲が良かったとはいえ、娘の友人の細かい事情までは知らないはずだ。疎遠《そえん》になるほうが多いと思う。

実際に今の月野家と田所聡美は、関係が薄れているようだ。

そのあとも、いくつか取材らしい質問をしたあと、歩は席を立つ。

「今日はお話をきかせていただき、ありがとうございました」

歩と柚葉で一緒に頭を下げる。

「久しぶりに澪の話ができて、うれしかったです。こちらこそありがとうございます」

君江が笑顔で感謝を述べる。

「記事、楽しみにしてますね！」

真琴の言葉に、歩の良心が少しばかり痛む。

「必ず記事にできるとは限らないけど、そうなるように頑張るよ」

本当にそういった企画を、雑誌編集部に持ちこんでもいいかもしれない。

君江と真琴に玄関で見送られ、月野家を出る。

住宅街を歩きながら、ずっと静かだった柚葉のことを見る。

「どうした？　お前のことだから、なにか質問を勝手にするかと思っていたんだが」

「私だってTPOはわきまえてますよ。それに気になっちゃって」

「なにがだ？」

「真琴さんが、一瞬怖い顔をしてたんですよ」

「怖い顔？　怒っている様子はなかったが」

「たぶん、貝瀬さんに怒ったわけじゃないと思うんですけど……」

「いつだ？」

歩は気になりたずねる。

「澪さんが聡美さんと一緒に出かけたりした、と真琴さんが話したあとです」

「そのタイミングで？　どういうことだ……」

歩は思考をめぐらす。

思い出話をして懐かしんでいるようにしか、歩には感じなかった。

柚葉が見た怖い顔というのも、ほんの一瞬のことなのだろう。歩は気がつかなかった。

だがそうだとして、それにどういう意味があるのか。歩が考えていると、

「いたっ……！」

急に柚葉が頭を抱えて、顔を歪めその場にうずくまる。

「おい、大丈夫か⁉」

「あ、頭が……」

歩が声をかけると、柚葉が苦しそうに言う。

その言葉に歩はぴんとくる。

頭痛……予知か！

# 5

頭痛でうずくまってしまった柚葉は、１分ほど苦しんでいた。

「……はあはあ。大丈夫です」

肩で息をしながら、柚葉が顔を上げる。

額から汗がしたたり落ち、まだ顔色も青白い。

「立てるか？」

歩は柚葉を支えて、近くにあった公園のベンチまで連れて行った。

柚葉を座らせると、歩はコンビニに走って必要な物を買って戻ってくる。

「ほら。これ飲めるか？」

歩はスポーツドリンクのペットボトルを、キャップを外して渡す。

「ありがとうございます」

柚葉はスポーツドリンクを受け取ると、両手で持って少しずつ飲んでいく。

「使えそうなものも買っておいた」

コンビニで買ったものを、ビニール袋ごとベンチに置く。

追加のペットボトルの他に、汗拭きシートやウェットティッシュなどが入っている。

「すみません。お見苦しいところを見せて」

柚葉は少し落ち着いたのか、ビニールの袋の中身を見て、申しわけなさそうに肩をすくめる。

「気にするな。それよりさっきのは……」

自分のひき逃げ事件がフラッシュバックしたとも考えられるが、頭痛となると。

「予知を視ました」

「そうか」

やはりか。歩は顔をしかめる。

柚葉が予知を視ているときの様子を、最初から最後まで初めてちゃんと見た。

あんな状態になるのなら、それは病気を抱えているのとさほど変わらない。

命にかかわらないにしても、辛いものだろう。

「でも、変なんです」

「変？」

「今回の予知は、過去が視えたんですよ」

柚葉は混乱した表情をしている。

聞いた歩も、それだけではよくわからない。

「予知はそもそも未来のことだ。過去視という能力もあるらしいが、まったく別のもののはずだろう」

「だけど、そうとしか思えないんです。だって、澪さんがいたんですから」

歩は眉根《まゆね》を寄せる。

「その予知の内容を聞かせてくれ」

「はい。場所はあの貝瀬さんと見に行った事故現場でした。そこで道路に澪さんが立っていて、歩道から聡美さんの叫ぶ声が聞こえました。車道を青いトラックが走ってきていて、そのままクラクションを鳴らしながら、澪さんがいた場所を走りぬけていったんです」

「2年前の事故に似ているな」

「似ているというか、そのままですよ！　だって澪さんがいるんですよ！」

柚葉は興奮した様子で訴える。

「月野澪に間違いないのか？」

「写真で見せてもらいましたから。高校の制服姿でしたし」

「田所さんはどうだった？」

「え？」

「田所さんの服装は？」

「え～と……紺色の制服っぽかったと思います。ただ私からの視点の関係でよく見えなくて……」

「そうか」

柚葉の予知で視える映像は、自由が利くものじゃない。

そして、予知の映像は柚葉の説明から思い浮かべるしかない。

「桐野に1つききたい」

「なんですか？」

「その予知の現場は、今日見た事故現場と同じだったか」

「間違いないです。今日見たばかりですし。違っていれば気づきます」

「わかった。今日は家に帰って休め」

「ですけど……！」

柚葉はベンチから立ち上がろうとして、足元がふらつく。

歩が肩を支えると、自分が消耗《しょうもう》していることに気づいたのだろう。

「わかりました。今日はこのまま帰ります」

「帰れるか？」

「大丈夫です。貝瀬さんの邪魔はしたくありませんから」

柚葉はそう言って、公園を歩いて出ていく。

足取りを見る限りでは、家に帰るぐらいは問題ないだろう。

朽木《くつき》の事件のときのように、無茶もしないはずだ。

歩は公園のベンチに座り、柚葉の予知について考える。

2年前に起きた事故。

その映像が見えたという。

制服姿の月野澪に、それを見ている聡美。

確かに2年前の事故と同じ構図だ。

しかし、柚葉が視るのは予知のはずだ。予知は未来のことを視るから予知なのであり、過去を視ることとは別の能力とされている。

もちろんこれはオカルト上の説であって、実際の予知能力者を研究した結果ではないだろう。

しかし、能力としての方向性が違いすぎると歩も思う。

そして予知能力は確かに未来を見るものだが、予知を視ている人間の説明からしか第三者は情報を得られない。

柚葉の予知についても、２つの事件を通してだいぶ条件設定ができてきた。

聡美が見た月野澪の存在。本物なのか。それとも幽霊といった存在がいるのか。

柚葉の予知の内容。

条件は揃《そろ》ってきた。

後は確認のための証拠集めだ。

カラン、と喫茶店のドアについた鈴が鳴った。

歩は店内に入ると、視線をめぐらす。

モノトーンの家具で統一された、落ち着いた雰囲気の喫茶店だった。

歩は初めて来たが、ＢＧＭにゆったりとしたジャズが流れていて主な客層はビジネスマンのようだ。

「こっちだ」

先に来てテーブル席に座っていた坂倉が、片手を挙げている。

打ち合わせなのか、会話をしている客も多い。それでいて客層のせいか、必要以上に騒がしいこともない。

歩は坂倉に近づき、向かい側のイスに座る。

「突然で悪かったな」

「急に呼び出されて、なにかと思ったよ」

坂倉は肩をすくめる。

「言ってただろ。事件を解決するときは、坂倉を巻きこめって」

「事件なのか？」

坂倉が視線を鋭くする。

「そうなる前に片をつける」

「そうか」

「手柄にならなくて残念だったな」

「茶化すな。これが電話で言っていた資料だ。一応、部外者に見せていいものじゃないから、この場だけだからな」

坂倉がテーブルの上に、ファイルケースを置く。

「わかってる。それで十分だ」

歩は坂倉が持ってきたファイルケースを手に取って開く。

まとめられているのは、２年前の月野澪の事故の調書だ。

ぺらぺらとめくっていく。

ひき逃げした犯人について色々と書かれているが、そこは今回はどうでもいい。

歩が見たかったのは現場の写真だ。

手を止めて、じっと見入る。

「やはりそうか……」

「なんだ？」

「助かったよ。これで幽霊に足がついていることがわかった」

歩はファイルケースを、テーブルに戻す。

「幽霊？　いったいお前はどんな事件を追ってるんだ」

坂倉が面食らった顔をしている。

「ボタンを掛け違えた人たちが、道を踏み外さない手伝いだよ」

「なんだそりゃ」

わけがわからない、と坂倉は言いたげだ。

「解決したら教えろ」

「探偵にも守秘義務があるんだが……」

坂倉は資料のファイルを、指でトントンとたたく。

資料を持ってきた分は話を聞かせろ、ということだろう。

「わかったよ。問題ない部分でな」

歩は席を立つ。

「枯《か》れ尾花《おばな》の正体をつかむとするか」

## 6

「遅くなってすみません」

歩が運転する車の後部座席に、制服姿の柚葉が乗り込む。

すでに、後部座席には紺色のカーディガンを羽織った聡美が乗っていた。

「こちらこそ、お付き合いいただいてありがとうございます」

聡美が澪の月命日に事故現場に行くというので、歩は3人で行くことを提案した。

大学の講義が終わった聡美を迎えに行き、次に柚葉を高校近くで乗せ、今は事故現場に向かっている。

「いいんですよ。聡美さんは依頼人なんですから」

柚葉が明るく言う。

探偵事務所のバイト1カ月の人間が、探偵と依頼人の関係を語るのはどうかと思うが、口には出さずにおく。

「あの……それで澪の幽霊は本当にいるんですか？」

聡美は恐る恐るといった調子で、歩に聞いてくる。

「それについては、おそらくもうすぐわかります」

歩は答える。

「それはどういうことですか？」

「田所さんは、いつも通りにしていてください」

「……わかりました」

聡美はまだ何か聞きたそうな顔をしていたものの、歩たちにまかせることにしたらしい。

「きれいですね、ひまわり」

柚葉が、聡美が胸に大事そうに抱えている一輪のひまわりを見て言う。

「澪が好きだったから」

聡美が寂しげな顔で答える。

「そうなんですね。月命日には欠かさず、きているんですか？」

「はい。やっぱり忘れられないし忘れたくないので、バイトとか友達の誘いも断って来てます」

2年間も、月命日の度に訪れるのは相当に大変なことだ。

人にとって、「過去」は時に重荷になって「今」を大事にしたくなる。

それでも聡美は、「過去」を忘れようとは思わなかった。

囚《とら》われていると言えなくもないが、向き合い方は人それぞれだ。

それで前を向けるのならいい。

しかしこの様子だと聡美は、月野澪が現れたのは自分を責めるためではないか。

そんな風に思っているのかもしれない。

坂倉に見せてもらった調書にも書いてあったが、聡美にはまったく過失はない。

というより、事故に関わってすらいない。ただの目撃者だ。

事故が起きたのは、月野澪と田所聡美が高校から帰る途中だった。現場は、横断歩道も陸橋もしばらくない国道で、反対側に渡ろうと思うとかなりの遠回りが必要だった。

澪も聡美も、急いでいるときや面倒くさい時はいけないことがわかっていながらも、道路を横断することが以前からあったらしい。

その時も澪は見たいテレビ番組があると言って、時間短縮のために道路を横断しようとした。そこで事故にあった。

澪の自発的な行動なのはドライブレコーダーなどからも明らかで、事故の原因は本人の過失だ。

聡美は澪が車に轢かれた時にまだ歩道にいて、彼女が事故にあうのを目の前で目撃していた。事故後に澪に駆け寄って、周りに救急車を呼ぶように叫んだという。これは目撃者もいて、間違いない。

一方で、ひき逃げの犯人は当時制限速度を上回って走行していて、その後逃げたことも酌量《しやくりよう》の余地がない。

誰かひとりを悪者にする、というのが難しい事件だ。

ひき逃げ犯は犯罪者ではあるが、そもそも澪が道路を横断しようとしなければ事故は起きようがなかった。

その中でも最も事故と関係ないのが、目撃者である聡美だろう。

そんな聡美の前に何故《なぜ》、月野澪の姿をした何かが今さら現れたのか。それが問題だ。

「でも、この間事故現場にきたときは、花もなにもなかったので、現場に来る人もいなくなったのかと……」

柚葉が首を傾げている。

「事故から数カ月後以降の献花は、自分で片づけるのがルールだ。後日でもかまわないが、回収にこないといけない」

歩が運転しながら説明する。

「そうだったんですね！　私のこの間の献花はそのままにしてましたけど……」

「あのあと回収したから問題ない」

献花した後に、歩はもう一度事故現場を訪れて花束を持ち帰っている。

「ありがとうございます。教えてもらえれば、自分で回収しましたよ」

「事故現場を確認しに行くついでだよ」

実際に見ておきたいことがあったから、そのためだけに行ったわけでもない。

話しているうちに、月野澪の事故現場に着く。

歩は近くのパーキングに車を停《と》めて、事故現場に3人で向かう。

聡美が縁石の側《そば》にかがんで、ひまわりを地面に献花する。

そのまま両手を合わせる。

歩と柚葉も後ろで立ったまま、手を合わせた。

「……えっ⁉」

戸惑いと驚きの混じった声が聞こえ、歩は閉じていた目を開く。

「あれって……」

柚葉も目を見開いて、車道のほうを見ている。

車道を挟んだ反対側の歩道に、高校の制服姿の少女が立っている。

「澪！」

聡美が叫ぶ。

確かに写真で見た月野澪にそっくりだ。

――まるで2年前のままのように。

「う、嘘ですよね。本当に幽霊？」

柚葉は口元をおさえて、声を震《ふる》わせている。

ふらりと澪が動き、車道の中に入っていく。

「危ないっ！」

聡美が飛び出そうとするが、それより前に歩は車道に走っていた。
横目で見ると、青色のトラックが迫ってきている。
トラックのクラクションが、けたたましく鳴る。
歩が澪の元まで辿《たど》り着いたところで、トラックが目の前に迫る。
「貝瀬さん！」
柚葉の悲鳴のような声が聞こえる。
トラックのブレーキは間に合わない。
歩は澪を抱きかかえたまま、横っ飛びする。
トラックの走る風圧を全身に受ける。
一瞬前まで歩たちがいた場所を、トラックが通過する。
遅れて歩たちは、センターラインから道路を滑るように転がる。
柚葉が車道に向けて両手を大きく振って、後続の車に止まるように促している。
「……間一髪か」
歩は澪を抱きかかえたまま地面に飛びこんだせいで、体のあちこちが痛い。
すり傷もいくつか負っているだろう。だが、その程度で済んだとも言える。
「大丈夫ですか！」

柚葉が後続車が止まったのを見て、歩たちのほうに走ってくる。

「ああ。とりあえず歩道に戻るぞ」

「わかりました！」

歩は何も言わない澪を支えて、聡美がいる歩道に戻る。

止まっていてもらった車に、柚葉が何度もお辞儀をして元の通りに車が流れ出す。

「これ、トラックの運転手の方の連絡先だそうです」

歩は柚葉からメモを受けとって澪を見る。

長い髪で表情が見えないが、肩が小刻みに震えていた。

それは今轢かれそうになったことへの恐怖か。それともこれからわかることへの不安か。

聡美が澪を見て、信じられないという顔をしている。

「どうしてあなたが……なんでなの、真琴ちゃん」

さすがに近くに来たら、聡美は澪の正体に気づいたらしい。

車道を挟んでだとわからなかったかもしれないが、ここまで間近で見れば仲の良かった聡美は気がつくのも当然だ。

澪は観念したのか、するりとウィッグを取る。すると、ショートボブの髪が現れる。

顔を上げると、確かにそれは月野家で話をした妹の真琴だ。

「真琴さん……」

柚葉が口に手を当てている。

真琴の着ている制服は姉が使っていたものを引っぱり出してきたのか、よく見ると着古されているのがわかる。

「どういうことか、説明をお願いできますか。月野真琴さん」

歩は促す。

真琴の肩がビクンと揺れた。

「どうしてこんなことを……？　私のことが嫌いだったの？」

聡美はわからない、という顔をしている。

「違う！」

真琴は首を強く横に振る。

「さっき車道に飛び出したのは、月野澪さんの事故の再現ですね。死ぬつもりだったんですか」

歩の言葉に、柚葉が「あっ」と何かに気づいた顔をする。

予知で視たものがなんなのか、わかったのだろう。

「それぐらいしか、もうできないから！」

「なんで？　真琴ちゃんが澪を大好きなのは知ってる。けど、後を追うなんて、馬鹿なことしちゃだめだよ！」

聡美が強い口調で言う。

「そうじゃない！　みんながお姉ちゃんを忘れちゃうから……」

「えっ……」

意外な答えだったのか、聡美が呆気《あっけ》にとられた表情をする。

「事故で亡くなってからしばらくは、お姉ちゃんのことを話す人も多かった。こんなことがあった、って話してくれる人もいた。でも、段々月日が経つにつれて、お姉ちゃんのことを話す人がいなくなったの。今ではうちでも、お姉ちゃんのことはたまにしか話さないよ！　お母さんもお父さんもお姉ちゃんの思い出を、話してくれなくなった。それに、聡美さんも！」

真琴が、強い眼差《まなざ》しで聡美を見つめる。

「私？　私がどうしたの？」

「大学生になって忙しそうで、お姉ちゃんのことなんて忘れてしまったみたいだった。だから、思い出してもらおうって！」

「それでお姉さんの事故の再現か。両親がまた悲しむことに考えが至らないようには、見えなかった。どうしてそこまで？」

歩は疑問に思ったことを聞く。

「私には生まれた時から、お姉ちゃんがずっと傍《そば》にいたんだよ。優しくて守ってくれて叱ってくれて……。なにも私はお姉ちゃんに返せてない！」

「そんな返し方は、澪が望むわけないよ」

「だとしても、それぐらいしか、私にはできないから。もう一度、お姉ちゃんと同じ事故を見たら、聡美さんも忘れないんじゃないかと思って……」

「そんなこと……」

柚葉がなにか言いかけるが――。

パシン、と聡美が前に出て真琴の頬を叩《たた》く。

「さとみ……さん？」

真琴は驚いた顔で、目を丸くして聡美を見る。

「馬鹿なこと言わないで！　澪がどれだけ真琴ちゃんのことを気にとめていて、

可愛《かわい》がっていたかわかってるの？　澪のため？　そんなこと絶対に澪は喜ばない！」

聡美が涙を流しながら怒鳴る。

「でも……だって……だって……」

真琴は首を横にふる。

歩はそんな真琴に声をかける。

「人間っていうのは、辛いことは忘れるようにできているんだ。そうしないと、生きていけないから。だけど、思い出は残る。お姉さんとの楽しかった思い出は、あなたにもご両親にも田所聡美さんにも残ってる。そうだろう？」

「あ……あああ……ああああっ………」

真琴は地面に泣き崩れてしまい、それを聡美が抱き締める。

その泣き声は、2年をかけてようやく月野澪の死に区切りがついた証《あかし》なのかもしれない。

# 7

その後、真琴を3人で家まで送り、歩が事情を説明した。

母親は驚いていたものの、真琴を責めることはしなかった。

真琴がそこまで思い詰めていたのを気づいてやれなかったことを悔いているように見えた。

それからすぐに真琴はカウンセリングを受けることになり、1週間経った今は少し落ちついているという。

あとは本人たちの問題だ。

「本当にありがとうございました。こちらに伺わなかったなら、もう1人大事な人を失うところでした」

事務所にやってきた聡美が頭を下げる。

大事な人……真琴か。

真琴の計画が成功していたら、聡美は友人の妹という大事な人を再び目の前で亡くすことになっていた。

人生で2度もそんなことが起きれば、聡美は立ち直れなかっただろう。

真琴はそれを想像することができないほど、周りが見えなくなっていた。

「できることをしただけです。真琴さんの誤解は解けましたか？」

「はい。私が月命日に花を手向《たむ》けているときいて、真琴ちゃんは驚いていました。知らなかったんですね」

「え、どういうことですか？」

柚葉が不思議そうな顔をしている。

「桐野と同じだよ。手向けた花をその場で回収する、というルールを真琴さんは知らなかった。だから、だれも花を手向けなくなった、忘れられたという思いを強くした。……違いますか？」

歩が聡美に話を振る。

「探偵さんはなんでもお見通しなんですね。そうみたいです。きれいな事故現場を見て、誰も澪のことを覚えていない、と真琴ちゃんは思ったみたいです。だからってわけじゃないですけど、今度真琴ちゃんと一緒に、お墓参りに行くことになりました。実は、澪のお墓に行くのは初めてなんです。どうしても行けなくて」

聡美にとっても、今回の件は一歩踏み出すきっかけになったのかもしれない。

2人そろって月野澪の死と向き合えばいい。

「心はすぐに安定するものではないかもしれませんが、澪さんの思い出と一緒に、日常にもどられることを祈っています」

「はい。ありがとうございます」

聡美は、探偵事務所の前で見た時とは別人のように晴れやかな顔になっていた。

それは月野澪の幽霊の正体がわかったから、だけではないはずだ。

聡美は何度もお礼を言って、事務所を出て行った。

聡美を見送ると、歩はソファに脱力して座って息をつく。

「貝瀬さん。不思議に思っていることがあるんですけど」

柚葉が向かいのソファに座って、まじまじと歩を見てくる。

「なんだ?」

「どうして澪さんの幽霊の正体が、妹の真琴さんだって気づいたんですか?」

「それは桐野の予知だな」

「え? 私の予知って、だって澪さんが事故にあうっていうものですよ」

「こうも言っていただろう。予知で視た『現場は見てきたときと変わらない』

と」

「はい。だから、事故現場だってわかったんですし」

柚葉はまだ意味がわからないらしい。

「それがおかしいんだ」

「へ？」

「事故当時は、あそこの歩道は境界ブロックがなかったんだ」

歩が坂倉に頼んで捜査資料を持ってきてもらったのは、事故当時の現場の写真が見たかったからだ。

今と変わらないのかそうでないのか。

それを確かめる必要があった。

「境界ブロックってなんですか？」

柚葉がきょとんとしている。

「歩道と車道を区切るための、少し高くしたブロックがあるだろう。あれのことだよ。馴染《なじ》みのある言い方をするなら縁石だな。月野澪さんの事故があって設置されたかどうかはわからないが、少しでも事故防止の対策が講じられていたというわけだな」

「そんな名前なんですね！　あれ？　でも、それが事故当時はなかったってことは……」

「桐野が予知と今の事故現場を比べたとき、境界ブロックがあるかないかにはさすがに気づくと思った。車道と歩道の間にずっとあって、かなり存在感があるからな」

「そうですね。さすがにあの石がなかったら、わかると思います」

「それで桐野の視たものは、事故当時の過去視ではなく予知の可能性が高いと判断した。となれば、桐野の視た澪は当然偽物だ。幽霊なんていないからな」

「いるかもしれませんよ」

両腕で体を抱きながら、柚葉が言う。

幽霊が怖いのなら、存在を否定すればいいものを。

「そういうことは、俺が信じるだけの証拠を持ってきてから言うんだな。話が逸《そ》れたな。遠目とはいえ親友と言える田所さんも見間違える人物。となると、家族の可能性が高い。母親か妹だと考えた」

「お母さんの可能性もあったんですか？」

「背格好は2人とも似ている。遠目で区別がつかないぐらいの変装は2人とも可能だ」

「たしかに」

柚葉が思い出す表情をして頷《うなず》いている。

「ただ、実際に話した印象では、母親はきちんと娘の死を受け入れていると感じられた。それに、田所さんに変装した姿を見せるという行為は、少しずれていると感じた」

「ずれているって、なにがです」

「桐野の予知から、最終的に田所さんの目の前で事故を再現するということはわかった。しかし、母親がそこまで田所さんに思い入れを持つ理由が少なすぎる」

「それはそうですね。娘の友達っていうだけですし。そんなに親しかったとも思えないですから」

「だが妹の真琴さんは違う。澪さんと一緒に遊びに出かけたりもしていて、より思い入れがあるんだ。だから、田所さんに仕掛けた時点で確率的には真琴さんだと思っていたよ」

「そういうことかぁ……」

柚葉は納得したのか、ソファの背もたれにポスンと寄りかかる。

「貝瀬さんの探偵事務所って、どうして閑古鳥《かんこどり》が鳴いてるんですか？」

いきなり柚葉が失礼なことを言い出す。

「悪かったな。依頼のない探偵事務所で」

「そういう意味じゃないですよ！　こんなにすごいのに、どうして依頼がこないのかなって思って」

「探偵には必要ない能力だからな。探偵に求められるのは、長い時間でも尾行ができる体力とスキル。それにうまく相手を丸め込めるトークスキルとかな。浮気相手との同席を求められたときに役に立つ」

「なんだか違う世界の探偵の話を聞いているみたいです」

「逆だ。ここがおかしいんだ。真っ当な調査依頼を受けず、他の探偵事務所が引き受けなかった依頼を受ける。その上で予知能力がある女子高生をバイトに雇うなんて、どうかしている」

「でも、そんな探偵事務所が世界に1つぐらいあっても、いいと思いませんか？」

「かもしれないな」

「……難しい依頼も解決できて、私の予知を疑わずに聞いてくれる人なんて貝瀬さんぐらいですけどね」

柚葉が小声で言う。

「なにか言ったか？」

「いいえ。これからも、よろしくお願いします。貝瀬探偵」

柚葉はにっこりと微笑《ほほえ》む。

歩はため息をつく。

しばらくは、この助手の予知に振り回されることになりそうだ。

本書の無断複写は著作権法上での例外を除き禁じられています。
また、私的使用以外のいかなる電子的複製行為も一切認められておりません。

文春文庫

助手《じょしゅ》が予知《よち》できると、探偵《たんてい》が忙《いそが》しい

定価はカバーに表示してあります

2024年2月10日　第1刷

著　者　秋《あき》木《ぎ》　真《しん》
発行者　大沼貴之
発行所　株式会社　文藝春秋

東京都千代田区紀尾井町3-23　〒102-8008
TEL　03・3265・1211㈹
文藝春秋ホームページ　http://www.bunshun.co.jp

落丁、乱丁本は、お手数ですが小社製作部宛お送り下さい。送料小社負担でお取替致します。

印刷製本・TOPPAN

Printed in Japan
ISBN978-4-16-792172-9